A

Jadis, si je me souviens bien...

Du même auteur

Un minou fait comme un rat, Leméac, 1982.

Croquenote, La courte échelle, 1984.

De Laval à Bangkok, Québec/Amérique, 1987.

Guy Lafleur. L'Ombre et la lumière, Art Global et Libre Expression, 1990.

Christophe Colomb. Naufrage sur les côtes du paradis, Québec/Amérique, 1991.

Le Moulin Fleming, LaSalle et ministère des Affaires culturelles, 1991.

Québec-Québec, Art Global, 1992.

Inuit. Les Peuples du froid, Libre Expression et Musée canadien des civilisations, 1995.

Le Génie québécois. Histoire d'une conquête, Libre Expression et Ordre des ingénieurs du Québec, 1996.

Souvenirs de Monica, Libre Expression, 1997, réédité sous le titre *Monica la Mitraille*, 2004.

Céline, Libre Expression, 1997.

Le Château, Art Global, 2001.

Les Coureurs des bois. La Saga des Indiens blancs, Libre Expression et Musée canadien des civilisations, 2003.

Thérèse Dion. La Vie est un beau voyage, Libre Expression, 2006.

L'Homme au déficient manteau, Libre Expression, 2007.

Un musée dans la ville, Musée des beaux-arts de Montréal, 2007.

René Angélil. Le Maître du jeu, Libre Expression, 2009.

La Fureur et l'Enchantement, Libre Expression, 2010.

Robert Bourassa, Libre Expression, 2012.

GEORGES-HÉBERT GERMAIN
Jadis, si je me souviens bien…

RÉCIT

Une société de Québecor Média

Catalogage avant publication de Bibliothèque et Archives nationales du Québec et Bibliothèque et Archives Canada

Germain, Georges-Hébert, 1944-
    Jadis, si je me souviens bien--
    ISBN 978-2-7648-0886-3
    1. Germain, Georges-Hébert, 1944-   - Romans, nouvelles, etc. I. Titre.

PS8563.E677J32 2013   C843'.54   C2012-942690-3
PS9563.E677J32 2013

Édition : André Bastien
Direction littéraire : Marie-Eve Gélinas
Révision linguistique : Marie Pigeon Labrecque
Correction d'épreuves : Dominique Issenhuth
Couverture : Axel Pérez de León
Grille graphique intérieure et mise en pages : Axel Pérez de León
Photos de l'auteur : Julien Faugère

Remerciements
Nous reconnaissons l'aide financière du gouvernement du Canada par l'entremise du Fonds du livre du Canada pour nos activités d'édition.
Nous remercions le Conseil des Arts du Canada et la Société de développement des entreprises culturelles du Québec (SODEC) du soutien accordé à notre programme de publication.
Gouvernement du Québec – Programme de crédit d'impôt pour l'édition de livres – gestion SODEC.

Tous droits de traduction et d'adaptation réservés ; toute reproduction d'un extrait quelconque de ce livre par quelque procédé que ce soit, et notamment par photocopie ou microfilm, est strictement interdite sans l'autorisation écrite de l'éditeur.

© Les Éditions Libre Expression, 2013

Les Éditions Libre Expression
Groupe Librex inc.
Une société de Québecor Média
La Tourelle
1055, boul. René-Lévesque Est
Bureau 300
Montréal (Québec) H2L 4S5
Tél. : 514 849-5259
Téléc. : 514 849-1388
www.edlibreexpression.com

Dépôt légal – Bibliothèque et Archives nationales du Québec et Bibliothèque et Archives Canada, 2013

ISBN : 978-2-7648-0886-3

Distribution au Canada
Messageries ADP
2315, rue de la Province
Longueuil (Québec) J4G 1G4
Tél. : 450 640-1234
Sans frais : 1 800 771-3022
www.messageries-adp.com

Diffusion hors Canada
Interforum
Immeuble Paryseine
3, allée de la Seine
F-94854 Ivry-sur-Seine Cedex
Tél. : 33 (0) 1 49 59 10 10
www.interforum.fr

À Zaza

«Jadis, si je me souviens bien, ma vie était un festin où s'ouvraient tous les cœurs, où tous les vins coulaient.»

Arthur Rimbaud, *Une saison en enfer*

Fils déchu

> « C'était et je voudrais ne pas m'en souvenir
> c'était au déclin de la beauté. »
>
> Guillaume Apollinaire, *Zone*

Quand je suis en ville, j'essaie d'aller au gym deux ou trois fois par semaine, histoire de me tenir en forme. Pendant quelques années, j'ai fréquenté un studio qui se trouvait au dernier étage du building où logeait le cinéma Monkland, à l'époque pas si lointaine où il y avait des cinémas dans toutes les petites villes du Québec et dans tous les quartiers de Montréal. Ça me mettait chaque fois de bonne humeur pendant vingt-quatre heures au moins, m'aidait à bien dormir et me faisait momentanément oublier que j'allais mourir avant longtemps.

Mon gym a fermé ses portes à l'automne 2011. On a restauré les lieux pour y installer une école de yoga chaud. J'ai donc mal dormi, j'ai été plutôt maussade et je me suis senti cruellement mortel au cours des mois suivants. En janvier, planifiant avec des amis une randonnée de ski assez exigeante, je me suis inscrit dans un autre gym, pas très loin de chez moi.

Au gym, j'aime travailler seul. La présence d'un entraîneur, qui semble si essentielle à beaucoup de gens, m'importune. Et je déteste l'entraînement de groupe, particulièrement le *spinning* et, plus encore, les programmes d'aérobie pratiqués en gang au son de tonitruantes musiques. J'ai ma routine en tête depuis longtemps, que j'adapte moi-même à mes aptitudes déclinantes : une demi-heure de cardio sur diverses machines, une petite heure de poids et haltères, une douche rapide et je rentre à la maison, frais, dispos, pas loin de me croire immortel pendant un bout de temps. Aucune drogue (j'en ai pas mal essayé au cours de ma longue vie) ni l'alcool ne donnent un aussi bel effet qu'un entraînement ou quelque effort physique.

Comme de raison, on a exigé, dans ce nouveau gym où je me suis inscrit, que je me soumette à un examen médical. Une jeune femme, physiothérapeute ou kinésithérapeute ou quelque chose du genre, a pris maintes mesures de mon corps et m'a fait faire divers exercices, elle a testé mon gras, ma souplesse, mon souffle, ma force. Je suis souple, j'ai pour mon âge peu de gras et mon cardio est nettement au-dessus de la moyenne. Pour ce qui est de la force brute, j'ai appris avec stupéfaction que je suis légèrement en deçà de la moyenne. Je regardais la jeune femme, un peu irrité, incrédule. « Votre père était probablement plus fort que vous », a-t-elle laissé tomber, sans vouloir me narguer.

Elle était debout devant une sorte de lutrin, remplissant des feuilles quadrillées couvertes de chiffres et de graphiques, sur lesquelles était étendu mon corps numérisé. Elle avait de beaux bras aux muscles bien définis. Comme ses jambes, sans doute, que couvrait un jogging mou et ouaté. Et je me suis fait la réflexion, la regardant d'un œil lubrique, comme font, j'en suis sûr, tous les hommes de mon âge devant (ou derrière) une belle jeune femme, qu'elle était peut-être plus forte que moi. Sans lever la tête de son ouvrage, mais comme si elle avait saisi mon désarroi, elle a ajouté que les hommes qui ont grandi après la Seconde Guerre mondiale sont moins forts physiquement que l'étaient leurs pères. C'est prouvé, documenté, chiffré, irréfutable, m'a-t-elle dit. Nos pères soulevaient plus de poids que nous, marchaient plus souvent et plus longtemps, forçaient beaucoup, se penchaient, se pliaient, etc.

La force et la vigueur physiques seraient-elles devenues obsolètes et périmées ? Plus vraiment nécessaires ?

M'est alors revenu à l'esprit ce vers magnifique d'Alfred Desrochers, le plus fascinant et le plus éclairant, selon moi, des poètes canadiens-français : « Je suis un fils déchu de race surhumaine. » Déchu ! Et j'ai pensé aussi, forcément, à mon défunt père, dont la jeune femme du gym avait évoqué la mémoire.

Il n'avait pas beaucoup de souffle et son cardio devait être plutôt faible. Comme beaucoup d'hommes de sa génération, il fumait un gros paquet de cigarettes sans filtre tous les jours, des rouleuses que lui préparait ma mère, le soir, quand les enfants étaient couchés. Et il ne refusait pas souvent, pour ainsi dire jamais, de prendre un coup, sauf pendant les brèves périodes où il était « lacordaire » (l'objectif du mouvement Lacordaire, ancêtre de celui des AA, était de « combattre par tous les moyens légitimes le fléau de l'alcoolisme »). Mais il était vaillant, dur au mal et très fort des mains et des bras, c'est vrai. Par jeu, il aimait nous serrer la partie du cou appelée le sterno-cléido-mastoïdien ou nous coincer les muscles des épaules, plus précisément cet écheveau de muscles très sensibles qui vont de la clavicule au sternum. Il aimait aussi broyer les mains que lui tendaient ses garçons jusqu'à ce qu'ils disent « pardon, mononcle »… Et à cet autre petit jeu qui consiste à s'emmêler les doigts debout l'un devant l'autre, même mes frères Jean-Jacques et Martin, les plus grands et les plus costauds de la famille, pliaient devant lui, se retrouvaient à genoux, demandaient grâce, pardon, mononcle.

J'ai eu, le 15 avril 2012, l'âge exact qu'avait mon père, Jean-Louis, lorsqu'il est mort, le 10 février 1983, soixante-sept ans et près de huit mois, vingt-quatre mille sept cent neuf jours exactement, en comptant ses dix-sept 29 février, mes seize à moi. J'étais alors en République dominicaine, sur les hauteurs de Cabrera. S'il est un lieu de la planète qui me rappelle mon enfance, c'est bien celui-là. Plus même que le village des Écureuils, où je suis né et dont je suis très rarement sorti avant l'âge de douze ans.

Qu'il a changé, ce village ! Il me semble aujourd'hui désert, si différent, et en même temps si indifférent, quand je le traverse, moi, devenu pour lui pur étranger. Ce paysage dont j'ai été si proche, dont je suis fait m'apparaît désormais sans visage, presque sans vie, sans voix, méconnaissable. Il ne me reconnaît pas, lui non plus. À peine sait-il que je l'ai habité autrefois, que je l'ai parcouru en tous sens, que j'ai connu très intimement ses champs, ses ruisseaux, ses forêts, que je suis entré dans presque toutes ses maisons, ses granges et ses étables, que j'ai fréquenté son église et son école, son magasin général et son bureau de poste. Je ne l'habite plus depuis maintenant un demi-siècle. Mais il m'habite toujours, lui, non pas tel qu'il est aujourd'hui, mais tel qu'il est resté dans ma mémoire. Je porte en moi ce vieux village partout où je vais, puisque partout, comme tout homme, j'emporte mon enfance avec moi. Et je peux l'évoquer et le faire revivre où que je sois, au lac Clair ou à Hampstead, et même à Paris, à Johannesburg ou à Wabush, si je m'y trouve, mais nulle part aussi parfaitement qu'à Cabrera.

La maison là-bas où je passe un mois, chaque année depuis dix ans, se trouve au bord d'une abrupte falaise, à un kilomètre environ de la mer, dominant une immense palmeraie, elle-même coupée d'autres falaises, des *farallones* vertigineusement verticales, aux parois de calcaire très pâle auxquelles s'accrochent des plantes exubérantes, volubiles, portant çà et là des fleurs géantes. Cette côte nord de la République dominicaine, travaillée par une géologie jeune et vive, grouillante, offre des paysages karstiques très accidentés, alors que ceux des bords du Saint-Laurent, en amont de Québec, sont vieux, poncés, bien polis, sages, mous, faits d'humus et d'argile. Il y a tout de même une ressemblance morphologique entre ces lieux. Aux Écureuils, depuis les maisons juchées sur la côte, sur «le cap», disait-on, qu'habitaient mes grands-parents Germain et mes grands-parents Fiset, on voyait le fleuve au-delà des champs, comme on voit à Cabrera la mer par-dessus les palmeraies… Et dans l'un et l'autre endroit, les maisons idéalement sont construites sur ces bords de falaise. Pour la vue, le panorama (ah! noyer son regard dans la changeante immensité du ciel et de la mer!). Mais aussi parce que les replats sont occupés par des prés, des pâturages et des cultures.

Quand on se place devant la maison (celle de mes grands-parents et celle de Cabrera) et qu'on regarde vers l'eau (ici le fleuve, là-bas l'océan), le vent vient de la droite. À Cabrera, on regarde alors vers le nord, et ce sont les alizés qui, sortis du fin fond de l'Atlantique, vous caressent le visage, doux et constants, ineffables vents. Aux Écureuils, les vents dominants viennent de l'ouest; ils sont souvent brutaux, vifs, parfois chargés de neige ou de pluie, selon les saisons.

Ce ne sont pourtant pas le vent, ni le vaste ciel, ni même la morphologie ou le relief, ni la vue sur un horizon feuillu puis liquide qui, à Cabrera, me rappellent si fort mon enfance. Et ce n'est évidemment pas la flore. La faune y est peut-être pour quelque chose, la faune domestique et familière des gros mammifères, vaches, bœufs, chevaux et cochons (roses ici autrefois, roux là-bas aujourd'hui), leurs odeurs, leurs meuglements, leurs hennissements, leurs grognements et leurs bêlements, le chant des coqs à l'aube.

Mais il y a autre chose de plus ou moins définissable, qui tient à l'esprit des lieux. Il y a le fait surtout que je suis à Cabrera totalement libre, comme tout petit garçon était libre jadis dans nos campagnes. Je revis à Cabrera dans la proximité, la promiscuité de la nature, je suis avalé par elle. Dans mes promenades en montagne ou au bord de la mer, je deviens partie du paysage. Je n'ai plus de nom là-bas. On me salue, mais on ne m'appelle jamais par mon nom, qu'on ne connaît pas. On dit *señor* ou *amigo*. *¿Qué tal, amigo?*

Derrière la maison, dans les collines, les *lomas*, se trouvent de minuscules villages, Catalina Arriba, Caya Clara, El Burro, Laguna Honda, Media Gorra, que relient d'étroits chemins, des sentiers équestres et pédestres, où, depuis quelques années, les vachers travaillent à moto plutôt qu'à cheval. D'année en année, les gens me reconnaissent, me saluent, m'embrassent quand, de retour chez eux, au bout d'un sentier pentu, j'arrive dans leur mini-*pueblo*. Je suis pour eux (et pour moi) *el gran caminador*, le grand promeneur. Je m'appelle l'homme aux semelles de vent, l'homme qui marche pour rien, qui n'a rien à faire, qui ne va nulle part. En fait, très souvent, et cette année plus que jamais, je m'en vais dans mon enfance, je marche vers elle, en elle.

Quand je suis arrivé aux Écureuils, un dimanche d'été de 1944, le soleil, déjà vénérable (quatre milliards d'années) éclairait ces lieux depuis quelque cinq mille siècles, depuis qu'il y avait de la vie sur terre ; et le fleuve Saint-Laurent, qui ne s'appelait même pas encore Magtogoek, comme le nommeront beaucoup plus tard les Amérindiens, coulait là-bas, au bout des champs, ses eaux couleur d'aluminium, de mercure et de cuivre, depuis une petite dizaine de milliers d'années. Le chemin du Roy qui passait, qui passe toujours, devant la maison où j'ai vu le jour était déjà vieux de plus de deux siècles, et on avait défriché et cultivé d'un bout à l'autre les grandes terrasses qui s'étagent depuis le fleuve jusqu'aux Laurentides; on y avait construit des maisons de pierre et de bois, des granges et des étables, des hangars, des cabanes à sucre. Et il y avait dans tout ça plein de vie, des humains et des animaux grands et petits qui vivaient en bonne intelligence. La vie était là, donc, très longtemps avant moi, faite de lumière, d'eau courante et, selon les saisons, de verdure ou de poudrerie. Elle y sera encore après moi, entière, pareille... Et trois ans avant moi ou trois mille ans ou trois millions d'années après, c'est pareil, c'était et ce sera pareil. Un abîme sans fond, dont je suis, dont j'étais, dont je serai absent. Est-ce la vie qui me quittera ? Est-ce moi qui la quitterai ? Chose certaine, je n'y aurai rien changé. Ou si peu, si infinitésimalement peu, infiniment moins que l'ajout ou le retrait d'un grain de sable de la Playa Grande à Rio San Juan.

Pour le moment, la vie est toujours là, en moi, autour de moi. Je partirai, un jour, bientôt peut-être. Que sera la vie quand je n'y serai plus ? Elle n'est déjà plus, il me semble, aussi douce, plus aussi rose, plus aussi verte et lumineuse que quand j'y suis entré. Elle était si jeune, alors, si fraîche et naïve...

Je sais aujourd'hui, devenu homme mûr, que cette enfance a été embellie par le temps, par moi, par mes six sœurs et mes sept frères, ceux en tout cas qui ont connu ce temps béni, si beau et si joyeux qu'on a l'impression qu'il s'est passé, comme l'écrivait mon ami Guillaume, juste « au déclin de la beauté ».

Je me dis qu'il ne pouvait pas faire si beau, que le monde ne pouvait pas être aussi bon que dans nos souvenirs. Nous, les plus âgés de la famille, ceux qui ont connu les Écureuils et son monde, avons beaucoup idéalisé tout ça. Est-ce notre nature ? Notre culture ? Avons-nous recréé un passé qu'on souhaiterait avoir vécu plutôt que celui dont nous sommes réellement issus ? Comment savoir ?

On ne s'entendra pas là-dessus. Chacun peut interpréter le passé à sa façon, comme on le fait d'une partition musicale. Certains, dans la famille, l'exécuteront sur un mode tourmenté, tragique, voire pathétique. D'autres, dont je suis le plus souvent, ne pensent, dirait-on, qu'à tout embellir, pour se rassurer, pour pouvoir se dire que notre passé est plein d'enseignements et de sagesse, véritablement digne d'être imité, conservé, admiré, si possible revécu. Cela peut être dangereux et stérile. Pire, ça peut empêcher de faire autre chose, de réaliser dans sa vie actuelle et vraie, sa seule vie, quelque chose de grand ou de neuf, de différent ou de pertinent. On fait de la conserve, pas de la création. Plutôt que vivre, on se rappelle qu'on vivait. À mon âge, c'est chose normale. À dix ans ou même à vingt ans, on a bien peu de souvenirs. À trente ou même à cinquante ans, on a autre chose à faire que de les ressasser. Au seuil du grand âge, inévitablement, comme ces plantes qui produisent des fleurs en abondance quand elles se sentent menacées, la mémoire s'agite et renfloue des souvenirs qu'on croyait enfouis à tout jamais dans son insondable passé.

À Cabrera, donc, je marche et je me souviens. Au loin, très haut sur la mer, j'aperçois une voile minuscule, je la regarde se dissoudre dans le lointain. Moi, tout aussi petit, tout aussi seul, je disparais dans le paysage, je me coule dans mon passé.

Ma mémoire est une très chère amie. Je la trouve formidable, épatante. Dans presque tous les domaines. Elle a souvent le don de m'étonner. Mais je m'en méfie parfois un peu. Elle est capable de m'inventer des histoires de toutes pièces, de m'en fabriquer des totalement fausses, de me faire des cachotteries ou de mettre çà et là des ajouts de son cru à des événements que j'ai vécus et qu'elle réinvente à sa guise. Je suis toujours troublé quand je découvre ses subterfuges et que je les décode, que j'en trouve les causes véritables, car ils me révèlent chaque fois plein de choses sur moi et m'aident à me connaître mieux.

Pourquoi par exemple ai-je laissé ma mémoire me faire accroire que j'avais bien agi dans telle ou telle circonstance, alors qu'un fait objectif et indéniable ou l'un ou l'autre de mes frères et sœurs me rappelle et me prouve hors de tout doute que je m'étais conduit comme un goujat, un pleutre ou un tyran ? Si je lui fais quelque reproche, ma mémoire me dit qu'elle a agi ainsi pour mon bien ou parce que je lui avais demandé de le faire, parce que je refusais d'avoir été un goujat, un pleutre ou un tyran. On appelle ça du révisionnisme. Tout le monde en fait. Certains plus que d'autres. Et même beaucoup. Ils réarrangent leur vie de manière à paraître mieux, même à leurs propres yeux. Et plus ou moins à leur insu. J'essaie très fort, ce sera même l'un des objectifs du restant de mes jours, d'éviter tout déni de la sorte, afin de voir vraiment qui je suis, qui je fus. Et je demande à ma mémoire de ne rien déformer de tout cela et de m'être le plus fidèle possible. Mais qui me dira si elle m'écoute ou pas ?

Gérontologues et médecins recommandent aux vieux souffrant de pertes de mémoire de marcher. D'un pas pressé, forcé. Je ne souffre pas encore de pertes de mémoire, mais on ne sait jamais. Idéalement, me dit-on, je devrais faire au moins dix mille pas par jour afin d'être en bonne santé. C'est considérable, pratiquement impensable pour la très grande majorité d'entre nous. Les hommes amish, eux, en font presque deux fois plus, paraît-il, dix-huit mille cinq cents pas par jour. Leur activité physique serait six fois plus importante que celle d'un Nord-Américain moyen. L'homme amish est très certainement plus fort que moi. Et en bien meilleure forme. Il n'a pas besoin d'aller au gym deux ou trois fois par semaine. Ses dix-huit mille cinq cents pas quotidiens lui garantissent une forme physique et psychique supérieure à la mienne. Marcher, c'est la vie, c'est le bonheur. Gilles Vigneault le dit dans une de ses chansons : « Le bonheur voyage toujours à pied. » J'ai toujours aimé marcher. Seul ou avec une personne que j'aime.

Il y avait jadis, dans nos campagnes, des quêteux qui passaient de maison en maison. Ils fascinaient tout le monde et faisaient un peu peur aux enfants et à leurs mamans. On disait qu'ils parcouraient la province à pied, d'un bout à l'autre, sans arrêt, toute leur vie, et qu'ils repasseraient un jour ou l'autre… À ma connaissance, ils étaient dépenaillés, barbus et tout seuls, la plupart du temps.

Aux Écureuils, il y avait toujours un habitant qui ouvrait sa grange au quêteux de passage pour qu'il y dorme une nuit ou deux. Et les enfants lui portaient un repas. Certains l'invitaient à la table familiale. Chez nous, on n'en avait pas les moyens. Mais notre mère lui donnait quelques sous. Et elle lui parlait avec respect, non pas un respect condescendant ou charitable, mais avec un parfait naturel et même une pointe de fascination ou d'admiration, j'en suis certain. Ça se voyait. Cet homme venait d'ailleurs, il était vêtu d'exotisme, il connaissait le vaste monde, il avait vu des paysages inconnus de nous, il avait rencontré des gens que nous ne verrions jamais… Pour maman, tout ça l'auréolait d'une sorte d'autorité ou de prestige. Après son passage, pendant quelques jours, on parlait entre nous de lui, de cet homme du soleil et des quatre vents, du dehors et de la liberté.

Bien sûr, je ne voulais pas être pauvre, sale, laid, vieux, barbu et puant comme lui. Mais traverser des mondes inconnus, voir chaque jour de nouveaux paysages et d'autres visages, être fascinant, porteur de légendes et de secrets, tout cela m'intéressait hautement. Et plus encore, pouvoir rentrer au village nimbé de mystère après être allé au bout du monde, là où personne d'autre n'avait osé s'aventurer. Parce qu'il faisait tout cela, le quêteux était à mes yeux un être enviable, propriétaire d'une chatoyante aura. Je ne soupçonnais pas qu'il ait pu y avoir, derrière cette image, un drame humain, une terrible solitude, une exclusion, quelque maladie de l'âme.

Aujourd'hui, quand on me tend la main dans la rue, je donne. Mais je n'éprouve plus d'admiration pour les quêteux. Au contraire. Je vois leur souffrance, je devine leur peine. Ils ne me font plus rêver. Ils ne sont plus des passants comme autrefois. Je comprends d'ailleurs de moins en moins pourquoi on les appelle itinérants. Ce sont des sédentaires. C'est nous qui passons devant eux, sur le coin de trottoir où ils sont ancrés, jour après jour au même endroit, prenant leurs quarts comme des ouvriers d'usine.

Le marcheur solitaire est toujours pensif, il a en tête des choses graves et essentielles. Il se questionne sur sa place dans le monde, il s'inquiète de la vitesse folle qu'a prise le courant de la vie qui l'emporte et qui l'amènera, sûr et certain, quelque part vers un rocher inamovible contre lequel il va se fracasser, ou vers cette chute irrésistible au bas de laquelle il se noiera dans une cuvette profonde, ou sur de durs coussins de pierre, la mort… Ainsi, année après année, les pensées qui m'accompagnent dans mes promenades se font plus lourdes. Cette année, pour toutes sortes de raisons, elles ont atteint un poids considérable.

D'abord, j'ai pensé beaucoup à mon père, à cause de ce que m'avait dit cette physiothérapeute quelques semaines avant mon départ, et pour avoir réalisé que j'étais désormais plus vieux que lui. Et j'ai constaté en moi « des ans l'irréparable outrage », comme disait la sombre Athalie de Racine. Je me suis interrogé, inquiet. Étais-je aussi essoufflé l'an dernier quand j'arrivais à Caya Clara chez Rufino ou chez le vieil Arcadio ? Pouvais-je encore nager sans peur et sans peine jusqu'à la sortie de la petite baie de Caleton ?

De plus, j'ai reconnu et j'ai accepté des réalités que j'avais toujours niées ou refusé de considérer. Que par exemple je ne parlerai jamais parfaitement espagnol ou quelque autre langue que le français du Québec. Certains grands projets, vagues, que j'ai rêveusement ou sérieusement caressés, jamais je ne les réaliserai. Parce que je n'aurai pas le temps, pas l'énergie, pas le talent.

Bref, j'ai compris, en ce printemps, que je devenais un vieil homme, un homme fini ou, du moins, finissant. Même mon sommeil a vieilli. Il n'est plus aussi lisse, frais et profond qu'autrefois, mais troué, plissé, fripé, fuyant, même quand je me suis donné de la peine au gym ou que j'ai grimpé sous l'accablante chaleur jusqu'à Media Gorra. Depuis quelque temps, régulièrement, des gens que je rencontre ici et là me demandent si je suis à la retraite. Partout autour de moi, je vois des retraités. Sept de mes frères et sœurs, dont six sont plus jeunes que moi, ont quitté déjà le monde du travail. J'ai beau cultiver le déni, force m'est d'admettre que j'ai atteint moi aussi l'âge de la retraite.

L'an dernier, un pur inconnu rencontré par hasard lors d'un voyage à l'étranger me parlait en disant «vous autres, les retraités», comme si, pour lui, juste en me voyant, ça allait de soi que j'étais devenu un vieil oisif. Je pensais à nous qui désormais sommes «autres», c'est-à-dire exclus, et à ce charmant inconnu en marchant vers la si jolie Caya Clara. À tous ceux et celles aussi qui, sans méchanceté, en toute innocence même, nous traitent ainsi. Et je me disais : «S'ils me croient à la retraite, c'est que j'ai l'air et l'âge de m'y trouver. L'obligation, peut-être. » Mais qu'y ferais-je ? Comment peut-on s'arrêter ? Et pour faire quoi ? Attendre quoi ?

Je me demande tout le temps comment et surtout pourquoi les dictateurs ou les milliardaires devenus vieux et même très vieux, proches de mourir, riches au point de ne plus savoir quoi faire de leurs milliards et ayant tous les pouvoirs, restent accrochés à leurs privilèges et toujours sensibles à l'appât du gain. Pourquoi ? Parce qu'ils ne savent probablement rien faire d'autre. Parce que ce grand vide qui s'ouvre devant eux les terrorise, parce qu'ils ne veulent pas oublier, être oubliés. Alors, ils continuent. Comme les septuagénaires Rolling Stones, qui reprennent *ad infinitum* et *ad nauseam* les hits qui, il y a un demi-siècle, leur ont apporté la gloire et la fortune et ont si génialement bercé ma génération.

Un jour, il y a très longtemps, je montais de Québec à Montréal en faisant du pouce. Quelqu'un m'avait laissé à l'entrée de l'un de ces beaux villages où la route nationale, alias la 2, comme on disait alors, alias le chemin du Roy, comme on disait sous le Régime français et comme on redira à partir de 1967, longe le fleuve de très près. Champlain, peut-être. Ou Batiscan. Ou peut-être plus près de Montréal, Lavaltrie ou Saint-Sulpice, parce qu'on était à l'heure du souper. Peu importe. Il faisait gros soleil. Les fenêtres des maisons étaient grandes ouvertes. Et je marchais lentement, insouciant, rien dans les mains, rien dans les poches, jeune. Devant chaque maison, de troublants fumets me caressaient la narine. Puis, j'ai entendu un air qui m'a bouleversé et m'a donné une impression de force formidable. C'était *Satisfaction*, des Rolling Stones. Je me suis arrêté devant la porte moustiquaire de la maison, debout sur le trottoir, face au fleuve, la musique entrant en moi pour toujours. Quand je l'entends aujourd'hui, j'ai, pendant un bref moment, le sentiment d'avoir encore vingt ans et de sentir toujours cette grande force en moi. Mais je sais que ce n'est qu'une illusion que je cultive plus ou moins à mon insu. Je sais bien hélas que je n'ai plus vingt ans. Comme je sais que Cabrera n'est pas Les Écureuils, même si chaque année je redeviens là-bas l'enfant libre que j'étais jadis.

En ce printemps 2012, cet enfant que je suis a été amené à réfléchir à son grand âge. Des pensées m'assaillaient que je tentais de chasser, mais qui me revenaient sans cesse. Penser que je ne ferais plus certaines choses. Que je ne faisais déjà plus certaines choses. Plus jamais l'amour plusieurs fois par jour, ni même plusieurs fois par semaine. Je ne vais plus jamais courir le kilomètre en moins de cinq minutes ou traverser le lac Clair à la nage en moins d'une demi-heure, ou en faire le tour en trente-trois minutes. Je ne vais plus jamais lire trois heures de suite. Pendant des jours, ces pensées graves m'ont habité.

Pierre Bourgault, qui a été mon ami, disait souvent que la vie était bien faite. « À partir du moment où on ne se sent plus capable de faire certaines choses, on découvre qu'on n'en a plus envie. » « Parle pour toi », lui disais-je. Il avait dix ans et quelques mois de plus que moi. Il avait abusé des bonnes choses mortelles de la vie. Il fumait encore des dizaines de cigarettes chaque jour et buvait sa bouteille de rouge, il ne faisait aucun exercice et ne mangeait pas toujours bien. Il me semblait normal qu'il soit devenu vieux. Je ne pouvais imaginer qu'un jour je n'aurais plus envie de faire l'amour avec la femme que j'aime ou que je refuserais de participer à une randonnée de ski le moindrement exigeante ou de passer une nuit blanche ou de partir en voyage sur un coup de tête. Et en moi-même, je me disais qu'à l'âge de Bourgault je serais en bien meilleure forme que lui, qui ne pouvait monter un escalier de vingt marches sans devoir reprendre son souffle. Comme je me suis toujours dit qu'à l'âge de mon père je ne serais pas aussi vieux, fatigué, amer, malade, ridé, grincheux et bedonnant que lui.

Et voilà que je cherchais, bien malgré moi, de quoi me conforter dans mes pauvres et fragiles certitudes. Dénis de ça ; preuves de ci. En arrivant chez Rufino, c'est à mon souffle et à mon pouls que je pensais. Celui-là était-il plus court, celui-ci moins lent que par les années passées ? Et avais-je alors, quand je redescendais vers la maison, dans mes chevilles et mes genoux, ces sourdes et lancinantes douleurs ?...

Comme disait mon ami saint Paul, au milieu de la vie nous sommes déjà dans la mort. Je pense souvent à elle, en ce lieu si beau qu'est Cabrera. Je pense à ma sœur Marie-Andrée, si douce et si bonne, dont Odette m'a appris la mort au téléphone, un jour de gros soleil et de grand vent, le 22 avril 2006, un peu plus d'un an après que maman nous eut quittés. C'était une mort attendue qui mettait fin à une longue et douloureuse maladie. Marie-Andrée a été la première de la famille à partir. Et je me demandais, je me demande toujours, surtout peut-être à Cabrera, où il y a tant de vie et tant de beauté, qui de nous treize sera le prochain.

En plus, cette année, je devais lire pour en faire à mon retour un commentaire à une émission de télé deux romans qui presque à chaque page me rendaient à ma condition. D'abord, le dernier Daniel Pennac, *Journal d'un corps*, un livre sage, heureux, mais fort troublant pour un homme vieillissant. Pennac a créé un personnage qui dès l'âge de douze ans entreprend de tenir le journal de son corps, de noter les plaisirs que celui-ci lui donne, les surprises qu'il lui fait, les peines qu'il lui impose... Jusqu'à quatre-vingt-six ans, à la veille de sa mort. En parvenant, aux trois quarts du livre, à cet âge que j'avais moi-même atteint à Cabrera, soixante-sept ans et huit mois, son personnage n'allait pas vraiment bien. Il avait des acouphènes, des courbatures, des essoufflements, des élancements inquiétants. « Il est pire que moi, me disais-je, soulagé. Il est plus vieux que moi. »

J'ai bien sûr des élancements parfois dans les pouces et au petit doigt de la main gauche. De l'arthrite ou de l'arthrose, paraît-il. Normal, presque obligé, me dit-on, passé soixante ans. La nuit, je me lève deux ou trois fois pour faire pipi; les érections matinales sont moins fréquentes et moins béton; par contre souvent, quand je me lève, d'inutiles et pas du tout festives raideurs s'accrochent à mon dos, à mes épaules et à mon cou. Il m'arrive aussi d'avoir des brûlures d'estomac si j'ai bu trop de vin blanc. Mais pas d'acouphènes. Et, du moment que je marche ou que je vais faire un petit *work out* au gym, les courbatures ne durent jamais bien longtemps. Mon bilan m'apparaissait plus rassurant que celui du personnage de Pennac. Tout pour me consoler… me leurrer.

L'autre livre était celui d'Alexandre Soublière, *Charlotte before Christ*, une histoire de jeunes truffée de mots, d'expressions, de citations de gens que je ne connaissais pas, que je ne comprenais pas. Il me manquait les trois quarts des références culturelles… Je n'étais plus un passant, mais un passé.

Et puis je suis allé à l'aéroport chercher Zaza, la petite-fille qui m'a fait grand-père le 1er janvier 2012. Comment, avec une enfant dans les bras, ne pas penser à sa finitude ?

Je chassais ces sombres pensées. Et, pour me prouver que j'étais toujours jeune et en forme, j'étais tenté de refaire une chose parfaitement inutile, potentiellement dangereuse pour un homme de mon âge.

Depuis que je fréquente Cabrera, chaque année, je marche en équilibre sur le muret de la piscine qui donne du côté de la falaise. Long de vingt mètres environ, il est large à son sommet de quelque quinze centimètres. Et, au milieu, sur près de la moitié de sa longueur, il est biseauté de manière à laisser couler l'eau de la piscine dans un bassin où elle est filtrée et repompée.

Cette année, tous les jours, j'ai pensé refaire le mur. Pour y renoncer chaque fois. Je me disais qu'il faudrait bien qu'un jour ou l'autre cesse ce petit jeu pas vraiment dangereux, mais possiblement casse-gueule. Je pouvais donc dès maintenant m'abstenir. Je devrais le faire tôt ou tard. « Dans deux ans et demi, j'aurai soixante-dix ans », me disais-je. On ne se promène pas à cet âge en équilibre sur un muret large de quinze centimètres et haut de trois mètres.

N'y tenant plus, un soir, le soleil couché ayant laissé une douce lumière dans le ciel, ma femme, ma fille et ma petite-fille se trouvant dans la balançoire tout au fond du jardin, je me suis avancé sur le muret, le cœur battant, les bras en croix pour tenir le ballant…

Je savais fort bien que ce n'était que partie remise. L'an prochain, peut-être le ferais-je encore. Mais après, dans deux ans, dans trois ans, allais-je de nouveau jouer ainsi au funambule ? Pour prouver quoi ? Et à qui d'autre qu'à moi-même ? Personne ne me voit, puisque ma femme m'engueule quand je fais ça devant elle. Et ne trouve pas ça drôle.

Si je tombe, au mieux je m'écrabouille les couilles, au pire je m'écorche la bedaine ou le dos le long de la falaise pierreuse au pied de laquelle je me brise une patte ou un bras et/ou je me fracture le crâne.

Pourquoi ? Pour me dire, à moi seul, que je suis encore jeune. Alors que je sais très bien que je ne le suis plus. Et ne le serai plus jamais.

Je l'ai donc refait, ce mur, à soixante-sept ans, huit mois et des poussières, à mon vingt-quatre mille sept cent vingt-troisième jour sur la terre. Une dernière fois ? On verra l'an prochain. On ne sait jamais.

L'ENFANCE SAUVAGE

En téléchargeant dans son nouveau iPhone les données de son vieil appareil gravement endommagé, ma fille, Rafaële, a par mégarde effacé toutes les photos qu'elle avait de sa fille chérie, l'incomparable Zaza. Après avoir pleuré un bon coup, elle a fait par courriel un appel à tous : « J'ai perdu toutes les photos que j'avais de ma Zazounette… Pourriez-vous m'envoyer celles que je vous ai fait parvenir, histoire d'assécher un peu les larmes d'une maman éplorée ? »

Quelques heures plus tard, elle avait récupéré de diverses sources plusieurs copies de chacune des photos de Zaza depuis sa naissance. Il y a des choses aujourd'hui qui ne peuvent pratiquement pas se perdre. À huit mois, la belle enfant figurait déjà sur des centaines de photos et de vidéos, des images pour chaque jour de sa vie, conservées et téléchargées dans de nombreux appareils, caméras, ordinateurs, téléphones, tablettes électroniques de dizaines de personnes, parents et amis, éparpillées à travers le monde. Tout ça daté à la seconde près, stocké pour toujours dans le cyberespace.

Tant mieux, me suis-je dit. Zaza est si belle, si mignonne ! On ne se lasse pas de la regarder, d'entendre son charmant babil. J'ai dans mon ordinateur un dossier à son nom que j'ouvre de temps en temps. Je la revois le jour de sa naissance sur le ventre de sa maman, puis à un jour dans les bras de sa grand-maman, à un jour et demi dans ceux de ma sœur Christiane, à huit jours, trente-trois jours, six mois, tous les jours de sa vie. Zaza superstar !

Contrairement à la sienne, mon enfance n'a pas été mise en conserve. Elle est restée sauvage ; et est devenue, par le fait même, matière à légendes, à interprétation et à invention, un continent tout neuf à explorer. Pour nourrir notre mémoire familiale et retrouver le temps où nous vivions tous ensemble à la maison avec papa et maman, nous disposons, mes sœurs, mes frères et moi, de quelques dizaines de photos, la plupart en noir et blanc et plutôt floues, parfois difficiles à dater. Souvent même, on ne sait plus qui est qui. Le bébé que Lise tient sur ses genoux, est-ce Jean-Jacques, Martin ou Gérald ? Ce chien qu'on aperçoit à l'arrière-plan, c'est Fido ou c'est Rex ? On s'embarque dans des discussions interminables à l'issue desquelles on ne sait plus qui a raison, qui a tort. On ne saura jamais. Il y a d'immenses zones d'ombre dans notre mémoire familiale, certaines impénétrables. Et il y a toutes les réminiscences que chacun porte en soi, parfois précises, parfois erronées, souvent contradictoires.

La mémoire est une faculté qui oublie, c'est bien connu. Il lui arrive aussi de déformer des souvenirs dont elle a la garde, qu'elle embellit ou enlaidit selon ses humeurs. Elle en invente parfois de toutes pièces, si habilement que nous croyons qu'ils sont absolument véridiques, et nous sommes prêts à jurer avoir réellement vécu ce que nous raconte cette fieffée menteuse. Mais la réalité parfois nous rattrape ; un témoin parfaitement crédible et objectif nous fait comprendre que nous avons été victime d'un mirage. Ça m'est souvent arrivé. Comme à tout le monde. J'ai découvert que des souvenirs très vivaces, très précis, que je gardais en mémoire depuis plus d'un demi-siècle, étaient des faux. Il est bien possible également qu'il y en ait parmi ceux que je présente ici. Seuls certains de mes frères et de mes sœurs sauront le dire. Mais jamais rien ni personne ne nous dira qui d'eux ou de moi a raison.

Mes plus lointains souvenirs sont plutôt brefs, des instantanés en fait, souvent confus, parfois presque insaisissables et pratiquement impossibles à dater exactement, mais avec, comme détonateur, un tableau, une image fixe d'une précision saisissante. Je suis très prudent cependant quand je les évoque et je les manipule toujours avec le plus grand soin, de peur de les abîmer, comme s'il s'agissait de vieilles photos jaunies et séchées qui peuvent à tout moment tomber en poussière. En fait, je ne sais même pas si ce sont des faits réellement vécus que je me remémore ou de pures créations de mon esprit ou encore des *remakes* que celui-ci aurait réalisés, plus ou moins à mon insu, à partir de récits que quelqu'un du voisinage ou de la parenté aurait relatés devant moi et dont j'aurais fait des vérités.

Dans l'un de ces clips, le plus ancien sans doute, je suis entouré de femmes, trois au moins, qui me tiennent dans leurs bras. Il y a ma mère, sûr et certain. Et ma grand-mère Fiset, probablement. Peut-être bien ma tante Claire aussi. Toutes proches. C'est le jour. Je suis tout nu ou presque. En couche, j'imagine. Nous sommes dans une grande pièce qu'éclairent deux fenêtres. Les trois femmes jouent avec moi. Je passe de l'une à l'autre, comme un joyeux funambule. Et je les amuse énormément. Sitôt dans les bras de l'une, je tends les miens vers une autre. Puis j'entreprends de pétrir à pleines mains la généreuse poitrine de ma grand-mère Fiset. Les trois femmes rient et me chatouillent. Et je ris aux éclats moi aussi. Je suis au centre du monde, heureux comme un roi. Je suis un roi.

J'ai en mémoire deux autres clips très anciens dont Odette, ma sœur puînée, est l'héroïne. Lise, notre aînée, était là, mais je ne sais pas si sa mémoire a conservé des traces de ces événements qui datent du temps où on restait chez le père Tom (longtemps, nous avons désigné les maisons que nous habitions aux Écureuils ou à Donnacona par le nom de leur propriétaire. On disait « chez le père Tom, chez Jean-Louis ou chez Pierre Trépanier, chez Maurice Delisle », etc.).

Plan large sur la route devant chez nous. Il y a un gros arbre sur la droite. Beaucoup de soleil. De l'autre côté de la route se dresse le cap auquel est adossée la maison des Senneville, où parfois je vais jouer avec les jumeaux, André et René, qui sont un peu plus vieux que moi et qui savent déjà planter des clous et découper du bois avec une petite scie sauteuse. Mais je ne traverse jamais la route seul. On ne doit même pas l'approcher, Lise et moi. On est toujours ensemble. On rit ensemble, on a peur ensemble, on dort ensemble. Quand on entend un avion, on sort en courant de la maison pour le regarder passer dans le ciel; quand on entend venir des motos sur la route, on court se réfugier dans le hangar ou dans la maison. La seule chose que je fais tout seul, c'est aller chez les Senneville, jouer avec André et René. Ma mère me fait alors traverser la route, ou Mme Senneville vient me chercher.

Le jour où fut enregistré ce clip dans ma mémoire, il y avait un peu de vent dans l'arbre, un chant de cigale aussi peut-être. C'était un beau jour d'été, très calme. Papa n'était pas là. On ne le voyait pas souvent dans la journée. Très tôt le matin, il avait attelé Charlie à sa voiture. Il était parti livrer du lait à tous les enfants du village et à ceux de Pont-Rouge, de Neuville, de Donnacona, de Cap-Santé. Il allait revenir juste avant le souper. Je le regarderais dételer Charlie, à qui il donnerait de l'eau et du foin, un peu d'avoine. La vie était belle, douce, sans histoire.

Et puis un cri se fait entendre. Nous sommes debout sur la galerie, Lise et moi. On aperçoit Odette, la couche aux fesses, marchant vers la route, où les rares voitures passent toujours à une vitesse folle. Un cri, encore. Maman a sauté de la galerie, elle court de toutes ses forces vers la route, elle rejoint Odette, qui s'est déjà aventurée sur l'asphalte, elle la prend dans ses bras. Et elle revient à la maison en la couvrant de baisers. Elle a les larmes aux yeux.

Et tous ensemble, Lise, maman et moi, on rit beaucoup. Parce que nous avons eu peur. Et que rien de mal n'est arrivé.

Autre clip, un huis clos, à Shawinigan, où nous avons vécu quelque temps quand nous avions cinq et quatre ans, Lise et moi. Dans mon souvenir, la maison était minuscule ; mon petit lit se trouvait dans une encoignure sans fenêtre. Mais la scène se passe le jour. On est en train de dîner. Exceptionnellement, ce n'est pas maman qui nous sert, mais l'une de nos tantes. Henriette, selon moi ; Aline, d'après Lise. Cette fois, ce sont les cris d'Odette qu'on entend. Elle a deux ans, elle est dans sa chaise haute. Elle s'est brûlée avec de la soupe que lui a servie notre tante, peu importe son nom. Gros plan sur le visage ruisselant de larmes de celle-ci, répétant à ma mère qui s'est levée « c'est ma faute, c'est ma faute ». Et plus tard, zoom sur les cloques qui couvrent le ventre et les cuisses d'Odette. Ma mère étend un onguent dessus.

Cette présence d'une tante à Shawinigan me permet de dater assez justement ces images, celles des brûlures d'Odette et celles qui suivent. Elle était vraisemblablement venue aider maman, qui allait accoucher. Lise est formelle. On était donc en novembre 1948. Jean-Pierre allait naître le 23 de ce mois. « Il est le seul de la famille né à Shawinigan, me dit Lise. Et grand-maman nous avait envoyé Aline pour aider maman. » À ces mots, de belles images très douces, enfouies depuis plus de six décennies tout au fond de ma mémoire, ont refait surface. Depuis quelque temps, tous les soirs, avant d'aller dormir, je m'agenouillais devant maman assise dans le fauteuil du salon et, contre son gros ventre rond, je demandais au petit Jésus de me donner un petit frère. Je n'avais en effet que des sœurs : Lise, avant moi ; Odette et Marie-Andrée, après.

La nuit où finalement Jean-Pierre est né, j'ai été réveillé par des voix inconnues. Il y avait de la lumière dans la maison. Ma tante est venue près de mon lit me dire que j'avais enfin reçu mon petit frère. Je me suis levé. Un homme que je ne connaissais pas parlait tout bas avec papa. Mes trois sœurs dormaient. Ma tante m'a conduit près d'un berceau, où j'ai vu un petit paquet tout rouge et tremblotant, mon petit frère tant attendu ! J'ai tout de suite compris que je ne pourrais pas jouer avec lui avant un joli bout de temps.

Avais-je vraiment désiré un petit frère ? Je ne saurais le dire. J'étais bien avec mes sœurs. En fait, c'était sans doute nos parents qui désiraient que le prochain enfant, leur cinquième, soit un garçon. Et qui m'avaient transmis ce désir, histoire de me faire cadeau d'un compagnon de jeu... ou d'un jouet.

J'étais souvent seul, d'ailleurs. Chez mes grands-parents Germain, par exemple, qui me gardaient très souvent quand maman venait d'avoir un bébé. Un jour, j'étais assis devant la table de la cuisine d'hiver en train de dessiner ou de faire un casse-tête. Une de mes tantes est entrée dans la pièce d'à côté, avec deux petites filles, lointaines cousines, un peu plus âgées que moi. Elles parlaient et riaient très fort. Je ne les avais pas vues encore, mais je savais qu'elles étaient très belles. Et qu'elles venaient de loin, elles n'étaient pas de notre village. Et tout ça m'intimidait et me faisait peur. Elles sont entrées dans la cuisine où je me trouvais. J'ai fait la lippe, quelques gros soupirs et j'ai fondu en larmes. Ma tante s'est empressée de faire sortir les petites filles, à qui elle a dit, parlant de moi : « Pauvre enfant, il a eu peur. » J'avais honte, j'étais seul. Je m'en voulais d'avoir pleuré.

Parfois aussi papa m'emmenait avec lui faire sa *run* de lait. J'ai des images d'un jour d'hiver très sombre. Il pleuvait des cordes sur les chemins glacés. En montant la grande côte de Donnacona, Charlie est tombé. Mon père est descendu de la voiture et l'a aidé à se relever... J'ai dû être très impressionné, parce que je vois encore la scène avec une grande netteté. Le cheval tombé, énorme masse tremblante, toute luisante de pluie, l'œil effaré. Je les voyais travailler, tous les deux. Papa parlait doucement pour calmer Charlie, qui est parvenu à se relever.

Lise a une mémoire visuelle étonnante. Elle peut me décrire les vêtements et les coiffures de maman à l'époque où on vivait chez le père Tom, alors qu'elle avait entre trois et cinq ans. « Maman portait souvent des robes à petits carreaux rouges, me dit-elle. Elle se faisait un chignon et se nouait les cheveux avec un ruban brun. » Je cherche, j'attends, j'écoute, mais je ne parviens pas à revoir maman avec son chignon et sa robe à carreaux. « Elle avait alors vingt-sept ou vingt-huit ans, ajoute Lise, et trois ou quatre enfants, Marie-Andrée étant née elle aussi chez le père Tom.» Et puis elle me parle du temps bref passé chez Pierre Trépanier, rue Notre-Dame, à Donnacona, dans la maison où Anne est née, au deuxième étage, au-dessus de l'atelier de photographie du propriétaire. C'était l'hiver, précise-t-elle. Maman nous avait installés tous les deux sur les marches au bas de l'escalier. Nous défaisions les coutures d'un vieux manteau posé sur nos genoux, tirant les fils un à un avec de grosses épingles à couche, séparant le satin, l'étoffe molletonnée, le drap de lainage. Et ça me revient, tout à coup, clair et net.

Le moulin à coudre de maman était tout près de nous, entre la fenêtre et la porte arrière. Nous étions si bien, tous les trois! Je crois cependant que c'était chez le père Tom. Mais voici qu'un autre clip de chez Pierre Trépanier s'impose à moi. Il pleut énormément. Nous sommes à la fenêtre, maman et moi. Elle me montre les sautillants petits bonshommes que font les gouttes de pluie dans la rue. Je suis émerveillé.

Plus tard. Improbable, mais inoubliable souvenir. Je l'ai souvent visionné. J'en ai parlé à ma mère, plusieurs fois, dans les dernières années de sa vie. J'en parle encore à Lise. Ni l'une ni l'autre n'est parvenue à se remémorer ce si bel événement, de sorte que je commence sérieusement à douter de l'avoir vécu. Mais je ne pourrai jamais pour autant l'effacer de ma mémoire.

Une gigantesque tempête de neige portée par des vents épouvantables soulevait, ce jour-là, la plus sauvage poudrerie qu'on puisse imaginer. Nous marchions, Lise et moi, vers l'école qui se trouvait à deux ou trois cents mètres de chez nous. La route était si enneigée qu'aucune voiture ne pouvait y passer. Tout était blanc. Nous foncions, frimousses au vent, l'un contre l'autre, secoués par les bourrasques et par d'irrépressibles fous rires. Parce que cette blanche cérémonie nous effrayait et nous émerveillait. Mais surtout parce que notre mère nous avait enroulés tous les deux dans le même très long foulard afin, nous avait-elle dit, qu'on ne parte pas au vent ou que, si jamais il nous enlevait, nous ne soyons pas séparés. Nous étions siamois, Lise et moi, ne formant qu'une seule et même personne. Pour la vie, car à cet âge tout est toujours pour la vie. De temps en temps, nous nous retournions vers la maison, que nous pouvions à peine distinguer dans toute cette neige. Mais nous savions que notre mère était debout à la fenêtre et nous suivait du regard.

C'est l'un de mes plus beaux et plus heureux souvenirs d'enfance. Comment aurais-je pu l'inventer ?

P.-S. De toutes les maisons où nous avons vécu, celles de Shawinigan et de Grand-Mère sont les moins connues. Seule Lise a gardé des souvenirs cohérents de ces lieux.

Le petit logement où Jean-Pierre est né se trouvait au-dessus de la boulangerie où travaillait papa. Il faisait donc très chaud chez nous et ça sentait toujours le pain. Maman faisait des *bines*, que papa descendait placer dans le four de la boulangerie, où elles cuisaient toute la nuit. Il y avait aussi une écurie, juste à côté de la maison. Et plusieurs voitures à chevaux. Papa nous emmenait parfois, Lise et moi, faire sa *run* de pain. Elle me parle d'une très longue côte que le cheval montait lentement, lentement, si lentement qu'on finissait par pouffer de rire, elle et moi. On voyait aussi un grand parterre devant une église, où étaient plantés un long mât avec un drapeau et d'autres plus petits avec des cabanes d'oiseaux. Je rêvais d'en avoir une. Mais, comme disait papa, je n'aurais pas su où la mettre. On n'avait pas de terrain à nous.

Lise était très amie avec Pierrette Ricard, notre petite-cousine qui habitait la même rue que nous, la rue des Hêtres. Sa mère, qu'on appelait «matante Blanche», était la jeune sœur de notre grand-mère, Lydia Gélinas. Son père, Donat Ricard, était le propriétaire ou le gérant de la boulangerie où travaillait papa. Ils ont, comme de raison, été parrain et marraine de Jean-Pierre.

À Shawinigan, nous nous sommes également liés d'amitié avec plusieurs familles, dont les Beaudoin et surtout les Paré. Je crois que les deux hommes étaient boulangers, comme papa. On a perdu les Beaudoin de vue, mais on a gardé contact avec les Paré, qui, plus tard, ont joué un rôle important dans notre histoire. Ils n'avaient que des garçons, quatre ou cinq. Le plus jeune, Réal, serait un jour mon ami. Maman trouvait qu'il était un très beau petit bonhomme. Le père s'appelait Camille, c'était un paquet d'os et de nerfs; sa femme, Jeanne d'Arc, plutôt rondelette, n'avait peur de rien ni de personne, pas même du bon Dieu ni du diable; elle parlait haut et fort et pouvait sacrer comme un charretier. Elle et maman, pourtant si peu semblables, s'aimaient beaucoup. Maman a toujours eu beaucoup d'amies, qu'elle voyait rarement mais dont elle aimait nous parler et à qui elle écrivait de temps en temps pour leur donner de nos nouvelles, même si nous ne les connaissions pas. Ainsi, après avoir quitté Shawinigan, elle est restée en contact épistolaire avec la sémillante Jeanne d'Arc.

What's in a name?

Dans la société traditionnelle où nous vivions, presque chaque grosse famille canadienne-française catholique donnait au moins un de ses enfants au bon Dieu, un garçon ou une fille, parfois deux, voire trois ou quatre, qui, souvent avant vingt ans, entraient en religion pour y passer leur vie. Ces élus étaient matériellement inutiles à la famille, ils vivaient même plus ou moins à son crochet, mais ils étaient quand même respectés, adulés. On était immensément fiers d'eux. Du côté de mon père, un de mes oncles est entré en religion quelques jours avant ma naissance. Il a pris, en même temps que la robe de bure des Franciscains, le prénom d'Omer et m'a laissé celui qu'il avait porté depuis sa naissance, Georges-Hébert. Si j'avais été une fille, on m'aurait appelé Odette, nom que ma mère aimait et qu'elle donnera à celle qui me suit.

Le père Omer était hyper respecté dans la famille, parce qu'il avait fait des études, qu'il parlait latin et grec et qu'il avait voyagé (à Trois-Rivières, Sherbrooke, Montréal), mais aussi et surtout parce qu'il était homme de Dieu. En même temps que de son prénom, j'ai hérité d'une partie de son prestige.

What's in a name ? That which we call a rose, by any other name would smell as sweet, affirmait la Juliette de Shakespeare. Qu'est-ce qu'il y a dans un nom ? Même si elle portait un autre nom, la rose sentirait tout aussi bon, prétendait-elle. Et Juliette ajoutait que son Roméo aurait été tout aussi beau, fin et fort, s'il avait porté n'importe quel autre nom que celui de Montaigu, exécré par sa famille à elle, les Capulet. Il y a du vrai dans cette réplique. Mais il est vrai aussi qu'un nom donne à celui qui le porte un élan, un rythme, des couleurs. On réagit à son nom, on répond à son prénom, à ce son qui différencie chacun…

Ma femme (comme d'autres, peut-être) s'est intéressée à moi, sans m'avoir jamais rencontré, en lisant mon nom dans les pages de *La Presse*, où je travaillais au début des années 1970. Elle trouvait ce nom, Georges-Hébert Germain, élégant et beau, tout à fait unique (elle ignorait évidemment qu'un autre avant moi l'avait porté). Quand elle a su, en plus, que je venais d'un village appelé Les Écureuils, elle a littéralement craqué. Quand enfin on s'est rencontrés, j'ai craqué à mon tour.

Mes frères et sœurs ne m'appellent pas souvent, pour ainsi dire jamais, Georges-Hébert, leur manière peut-être de me signifier que je suis comme les autres. Ils disent Georges, tout simplement. Ça m'a parfois agacé. Mais je ne me suis jamais senti justifié d'être agacé. Et à bien y penser, peu à peu, j'ai compris le message. Nous sommes farouchement égalitaires dans la famille. Pourquoi en effet aurais-je eu droit, moi, à un prénom pas comme les autres, hérité en plus, comme si j'étais dépositaire de quelque valeur ?

On ne sait d'ailleurs pas quand ce nom, Hébert, est entré comme prénom dans la famille. Mon oncle Michel, le patriarche, le porte également, Michel-Hébert. Ma fille, Rafaële, aussi. Il y avait des Hébert plus haut dans la famille de ma mère. Mais du côté de mon père, on n'en trouve pas. Ce serait Laurence donc, ma grand-mère paternelle (dans la famille, choisir le prénom des enfants est une prérogative des femmes), qui aurait eu, selon Michel, cette « fantaisie ».

Le jardin de Simonne

Une fois dans ma vie, j'ai mis mon poing sur la gueule d'un être humain. Il avait cinq ans, comme moi. Il était mon voisin. Il avait une sœur, Bérénice. Et un chien, Cona. Un jour, il est venu chez nous avec celui-ci, qui a saccagé un coin du jardin que ma mère avait préparé avec tant de soin. Elle était la femme de ma vie, mon idole; j'étais son homme de confiance. Trois plants de tomates et plusieurs des cosmos et des pavots qu'elle aimait tant avaient été cassés par ce cabot mal élevé que son maître mollasson n'avait pas su contrôler. Mon honneur était en jeu. J'ai poursuivi l'agresseur jusque dans la grange de son oncle où, en présence de son chien atterré, je l'ai frappé. Ç'a été extrêmement désagréable. Mais qui veut un beau jardin et qui aime sa mère doit savoir les défendre.

Nous habitions alors chez Jean-Louis Trépanier. Une petite maison aux murs de papier brique rouge et au toit de tuiles d'asphalte confortablement «jouquée» sur le cap et protégée des vents d'ouest par de vieux gros arbres. D'un côté, le regard portait très loin, au-delà des champs, jusque sur le fleuve, qu'il franchissait aisément par temps clair pour aller se perdre sur la rive sud et s'aplatir sur les hautes falaises de Lotbinière; et par-derrière, au bout d'autres champs et de prés plus étroits, il se butait à la masse brutale des arbres, la forêt, fermée, hostile, où ne pénétraient que de petits chemins de terre qui montaient vers le deuxième rang et vers d'autres lieux mystérieux, sauvages, potentiellement dangereux.

Au printemps, un voisin, Eddy probablement, le fils de M. Doré, est venu préparer la terre avec son cheval, sa charrue et sa herse. Un soir, sur la table de la cuisine, maman a mis sur papier le plan du jardin. Les jours suivants, dans la terre ameublie, elle a préparé, avec l'aide de mon père, des rangs et des carrés, sous nos yeux admiratifs. Quelques jours plus tard, dans la tendre fébrilité printanière, on a fait les semailles. La mise en terre des petits pois et des minuscules semences de carottes, de laitues et de radis a été une fête. J'ai conçu, Lise aussi, une vive sympathie pour le carré de patates auquel nous avons prêté, pendant tout cet été, beaucoup d'attention et de temps. Maman nous avait expliqué que ce qu'on appelait les « yeux » des pommes de terre étaient en fait des germes, et qu'une fois enterré chacun allait faire des petits et donner des plants remplis d'autres patates. J'étais fasciné. Quel extraordinaire tour de magie ! Nous avons aidé à l'épluchage, à l'extraction des yeux et à leur mise en terre. Tous les matins, nous allions sur la galerie arrière regarder notre jardin. Il n'y avait pas d'escalier à cette galerie. Il fallait s'asseoir sur le rebord avant de sauter en bas, ce que nous trouvions tous hilarant, même maman.

Anne triomphait alors dans le rôle du bébé. Nous étions six enfants, trois filles, trois garçons. Maman avait trente ans ; papa en aurait bientôt trente-cinq. Six enfants en un peu moins de huit ans de mariage. Je suis effaré quand je pense aujourd'hui aux énormes responsabilités qu'ils devaient assumer à cet âge. Et au caractère définitif qu'avait déjà pris leur vie. Ils savaient alors de quoi elle serait faite d'un bout à l'autre, jusqu'à la fin. De nous, exclusivement, leurs filles et leurs garçons. Ils n'avaient pas d'autres projets que nous, leurs enfants, ceux qu'ils avaient déjà et ceux qu'ils auraient par la suite. Le travail de papa, tout ce que faisait maman, les repas, le lavage, le jardin, tout ça était pour nous, Lise, Georges, Odette, Marie-Andrée, Jean-Pierre, Anne…

Lise m'a envoyé récemment une photo de famille de cette époque, qu'elle a trouvée dans ses affaires, photo prise un dimanche (rien qu'à voir comment on est habillés), jour de grand soleil (rien qu'à voir nos faces grimaçantes), au début de l'après-midi (rien qu'à voir où tombent nos ombres courtes). Juste derrière nous, on voit le cap, le garde-fou qui longe le chemin montant de guingois chez pépère Doré et chez nous, chez Jean-Louis Trépanier. Et tout là-haut, contre la tête de papa, on aperçoit un petit kiosque, une sorte d'observatoire ou de belvédère où je n'avais pas le droit de mettre les pieds. Il était en principe réservé aux rarissimes touristes qui louaient les minuscules cabines de pépère Doré et qui parfois au coucher du soleil allaient depuis là-haut admirer le panorama. J'avais cinq ans, presque six, j'étais très libre d'aller partout, dans la coulée (qu'on appelait la « cavée »), au bout des champs, jusque dans les bois derrière chez nous, même sur les écores et sur les estrans vaseux du fleuve à marée basse. Mais ce lieu tant désiré m'était interdit. Il ne fallait pas déranger les étrangers, même s'ils n'étaient pas là. Jamais déranger qui que ce soit. Ça m'est resté, cette hantise de déranger qu'avait ma mère !

Nous sommes debout autour de papa, qui tient Anne dans ses bras. Les filles sont en robe blanche et portent des petits bas blancs. Lise, sept ans, très brune, est à droite de papa; à sa gauche, Odette, quatre ans, châtaine, semble bouder; Marie-Andrée, trois ans, a une main sur les yeux pour se protéger du soleil; Jean-Pierre, deux ans, au premier plan entre Odette et Marie-Andrée, est en culottes courtes; il tient, on dirait, quelque chose dans les mains, un jouet peut-être, il a la tête tournée, levée vers Lise, ils ont l'air de rire tous les deux, lui surtout. Je me trouve près de papa, derrière Odette, très blond, en chemise blanche à manches courtes. Sûrement en culottes courtes, mais on ne voit pas mes jambes. Papa ne sourit pas, il est en chemise blanche lui aussi, à manches longues. Maman n'est pas là. On pourrait conclure qu'elle a pris la photo. On peut aussi en douter. Nous n'avons jamais eu d'appareil photo, que je sache. En aurions-nous eu un, je n'imagine pas maman l'utilisant. Mais alors, où était-elle ? Je ne me souviens pas qu'elle ait été malade ou qu'elle se soit couchée en plein jour. Et la seule idée qu'elle soit partie en voyage ou même en visite chez quelque voisin m'apparaît impensable. Aurait-elle alors refusé d'être photographiée par timidité ou par coquetterie ? Parce qu'elle était mal coiffée, par exemple ? Chose certaine, pour nous, être pris en photo à cette époque était tout un événement. Elle ne devait pas être loin. Nous sommes tous bien mis et bien peignés. Certainement par ses soins.

Anne semble avoir autour de quatre mois. Nous étions en août 1950, donc. Nous allions, Lise et moi, entrer en première année quelques jours plus tard. Lise aurait été en âge de commencer l'école un an plus tôt, mais nous étions alors à Shawinigan, où nous ne connaissions pas grand monde, et d'où nous devions partir au milieu de l'année scolaire. Maman a préféré attendre pour mettre Lise à l'école qu'on soit revenus aux Écureuils. Le problème pour Lise, c'est qu'elle connaissait déjà ses chiffres et ses lettres et risquait fort de s'ennuyer. Avec maman, nous étions allés au magasin général du village acheter notre matériel d'école, des sacs à dos, des étuis à crayons et à plumes, des cahiers, des encriers.

Nous avions, cet été-là, dans notre vie, ce compagnon fascinant, le jardin de maman, qui nous avait donné déjà des tomates, des concombres, des carottes et des radis, plein de belles et bonnes choses. Je savais alors que le jardinage était un dur et perpétuel combat. Contre les petits enfants et les chiens, contre les mulots et les taupes, les sauterelles, les limaces, les perce-oreilles et les pucerons, contre les intempéries, la sécheresse, les trop lourdes pluies, les gels tardifs ou hâtifs, même contre cet orignal qui, une nuit, était venu avec ses gros sabots brouter nos salades et nos épinards.

Notre jardin restait cependant un lieu magique, qui chaque jour nous ménageait des surprises. D'abord étaient apparus les minuscules lisérés des pousses de laitues, de radis, de carottes, de céleris, de haricots, d'un vert si tendre, si fragile. On a vu fleurir les plants de tomates, de concombres et de citrouilles ; et peu à peu se former leurs fruits. On allait aux fraises des champs aussi, avec les tantes. Et plus tard, aux bleuets. Un jour, on avait été surpris par un très gros orage. Puis il y avait eu les récoltes à faire, du désherbage, de l'arrosage, du « renchaussage »... Ce fut un été très agricole et extatique. Maman elle-même, il me semble, s'émerveillait de tout. L'était-elle vraiment ou faisait-elle comme toutes les mamans qui jouent aux *cheerleaders* avec leurs enfants ?

Je ne saurais dire non plus si j'étais utile, ni même si j'ai aidé régulièrement maman à entretenir le jardin. Mais je me souviens avec une stupéfiante netteté d'un événement qui me fait penser que j'avais probablement acquis un certain goût pour le jardinage. Et très certainement une grande passion pour ma mère.

C'était au moment, deux ou trois semaines plus tard, où nous sommes rentrés, Lise et moi, un peu avant midi, de notre première matinée d'école. Évidemment surexcités. Nous avions sûrement des millions de choses à raconter à maman.

Elle était dans le jardin quand nous sommes arrivés à la maison. Elle est venue vers nous, heureuse, fière de nous. Elle nous a fait des câlins. Elle m'a proposé de rester avec elle pour travailler l'après-midi dans son jardin. On était au début de septembre, le temps était venu enfin de cueillir les plus belles tomates, les betteraves et autres grosses racines.

La proposition de maman n'était pas sérieuse. Je le voyais bien à son sourire. Elle savait que j'allais dire non, car elle nous avait donné l'illusion, la certitude, qu'il n'y avait rien de plus passionnant sur la terre que d'aller à l'école. Dans le fond de mon cœur, j'avais envie de lui dire : « Ben ! oui, maman, je veux rester avec vous. Je veux travailler avec vous dans le jardin. » Mais j'ai dit non, parce que telle était la réponse qu'elle attendait, la réponse qu'il fallait donner. Et parce que j'étais un enfant sage... C'était un mensonge irrémédiable, irréversible et sans doute nécessaire, le grand mensonge qui fait qu'on commence un jour à s'éloigner de sa mère, à se séparer d'elle pour toujours, pour vivre sa vie.

P.-S. Lise m'écrit pour me dire que la robe qu'elle portait sur cette photo prise dans le cap un dimanche d'été n'était pas blanche, mais jaune pâle. Et en organdi, qui est, précise-t-elle, une mousseline de coton légère. Elle dit aussi que, contrairement à ce que je croyais, c'est très probablement maman qui a pris cette photo et qu'on avait un appareil à nous, une boîte carrée qu'on tenait à la taille et dont le viseur très petit se trouvait sur le dessus. Et maman, selon elle, refusait d'être photographiée parce qu'elle ne voulait pas qu'on voie son gros ventre de femme ayant déjà eu six enfants. Pour le moment, elle n'était pas enceinte. Elle ne le serait qu'à la mi-septembre, d'Alain, qui naîtra le 15 juin 1951.

P.-P.-S. Je suis allé à l'école pendant six ans avec le petit garçon à qui j'ai mis mon poing sur la gueule. Il n'a jamais été mon ami. Ni mon ennemi. Je ne me souviens pas d'avoir joué avec lui aux cow-boys et aux Indiens dans la cavée, ni d'être allé nager dans le fleuve ou la rivière aux Pommes. Je ne suis jamais entré chez lui ; il n'est jamais venu chez nous.

Un jour, en quatrième ou cinquième année, nous nous trouvions dans la cour de la nouvelle école du village, un immeuble qui nous paraissait à l'époque vertigineusement haut. Nous nous demandions s'il était possible de sauter du toit sans se tuer. Tous les gars de la classe étaient là, Vadeboncœur, Gingras, les Brière et les Trépanier, Hovington, Marcoux, d'autres que j'ai pu oublier. Et tous, nous disions qu'on ne s'y essaierait jamais. « Pas moi, pas moi, pas moi », disions-nous, fiers d'avoir su évaluer le réel danger et d'être capables de renoncer à un geste d'esbroufe. Et lui, un moment silencieux, il nous a dit que, si on lui donnait un habit de fer, il le ferait, il sauterait du toit de l'école. Je ne saurais dire si plusieurs d'entre nous ont ri de lui, ouvertement. Ou moi seul, en moi-même. Ou chacun de nous, charitablement, en soi-même.

Il est mort en moto, très jeune, à dix-huit ou dix-neuf ans, heurté par un train à un passage à niveau.

P.-P.-P.-S. Encore Lise, qui m'arrive avec la preuve quasi irréfutable que c'était bien maman qui a pris la photo de famille dans le cap, où on voit papa avec Anne dans les bras. Elle m'envoie, comme pièce à conviction, une autre photo prise le jour du mariage de Claire, la sœur de maman, et de François, un cousin germain de papa. On voit les mariés au premier plan. Derrière eux, notre grand-oncle, Alphonse, le père du marié. Sur la droite, ô surprise, notre maîtresse d'école, Germaine, sœur du marié. Et sur la gauche, très élégante, très belle, toute mince, notre maman, portant chapeau et gants blancs. « Et regarde ce qu'elle a dans les mains… un kodak ! » Elle est penchée sur l'appareil. C'était le 4 juin 1945, neuf mois et demi après ma naissance. Maman venait de faire une fausse couche. Elle serait enceinte d'Odette avant la fin de l'été.

À LA PETITE ÉCOLE

Notre première maîtresse d'école, Germaine Germain, était la cousine germaine de notre père. Elle habitait sur le cap, à cinq minutes à pied d'enfant de chez nous. Autant elle était rigide, sévère et froide quand elle nous enseignait, autant elle était, dans la vie, quand elle venait souper chez nous, par exemple, ou quand nous l'accompagnions sur le chemin de l'église, douce et rieuse.

L'école était une petite maison de deux grandes pièces séparées par les toilettes et par une penderie, où, en hiver, nous laissions nos bottes et nos manteaux. Dans l'une des pièces, celle de droite en entrant, Mlle Germaine enseignait aux élèves des quatre premières années. Dans l'autre, réservée aux cinquième, sixième, septième années, se trouvaient les classes de la très sévère Mlle Dubuc.

En première année, nous étions une dizaine d'élèves, ma sœur Lise et moi, notre cousin Ti-Marc, notre cousine Nicole, notre voisine Yvonne Delisle, Roger Vadeboncœur, dont le père, Willie, était maire du village, Jacques Trépanier, Paul-Émile Gingras, Denise Fiset, une beauté timide et blonde aux yeux bleus et aux très longs cils à qui j'aurais dû, si j'avais compris ce qu'était ce trouble qu'elle éveillait en moi, déclarer mon amour...

La cour de l'école, où se trouvait un vieux pommier, était clôturée de barbelés électrifiés qui entouraient des champs où paissaient des vaches noir et blanc, les Holstein chéries de mon grand-père Fiset. On jouait à « prendre des chocs ». On formait une chaîne, plusieurs petits garçons se tenant par la main. Puis l'un de nous touchait le fil de fer et tous ensemble on ressentait la décharge électrique qui nous traversait le corps. Et nous éclations de rire. Plus on était nombreux, plus puissant et hilarant était le « choc ». Ce fut là l'une de mes premières expériences de solidarité et d'amitié virile. Le plus éloigné de la clôture recevait une décharge qui le laissait pantois pendant quelques minutes. C'était formidablement drôle. L'hiver, quand il faisait très froid, on s'amusait à se coller la langue sur la clenche de la porte d'entrée, on y laissait des petits lambeaux de chair et on entrait dans la classe avec du sang au coin des lèvres et, dans la bouche, une lancinante et goûteuse brûlure... Ça aussi, c'était à se tordre de rire.

Dans la classe, les jours de grand froid, la « truie », qu'un voisin avait nourrie la veille au soir d'une énorme bûche de bois vert et à qui Mlle Germaine venait de donner une brassée de rondins de cèdre et de bouleau, ronronnait déjà. Les filles et les *menettes* s'assoyaient tout près d'elle, de la truie. Les braves se retrouvaient près de la fenêtre ou contre le mur du fond, qui, situé du côté des vents dominants montant du fleuve, restait toujours glacé. Les toilettes n'étant pas chauffées, les filles ne voulaient jamais y aller qu'à la dernière minute. Lise se souvient de la lunette qui brûlait les fesses de froid et, certains jours, de la pellicule de glace dans la cuvette.

Nous étions assis deux par deux devant des pupitres munis d'une tablette de bois franc verni, patinée par le temps et couverte de signes et d'initiales que nos prédécesseurs, nos pères et nos oncles en fait, y avaient gravés au canif. Or, il nous était interdit de faire de même. De là sans doute me vient cette idée tenace que nos ancêtres ont vécu dans un temps de plus grande liberté que nous. Nos pères et nos oncles, quand ils étaient petits, pouvaient faire ce qu'ils voulaient. Nos canifs (tout petit garçon qui se respectait en avait un) ne servaient qu'à « gosser » des bouts de bois dans la cour de l'école. Et à faire des *slingshots* avec une branche en forme de Y, une lanière de caoutchouc taillée dans une vieille tripe de pneu et un petit carré de cuir où nous pincions un caillou bien rond. Nous pouvions viser et, lorsque nous étions chanceux (je ne le fus jamais), tuer des oiseaux, mais il était formellement interdit de déranger les grosses vaches de mon grand-père, surtout l'après-midi quand, à l'approche de l'heure du train, leurs pis étaient tout gonflés de lait. Et plus que formellement interdit de graver son nom ou ses initiales dans le bois de nos pupitres.

Mlle Germaine nous enseignait tout. D'abord à écrire et à compter. Elle nous a appris à dessiner nos lettres et nos chiffres un à un. Au plomb, puis à l'encre. Chacun avait sa plume à pointe amovible et son encrier planté dans un trou *ad hoc* au coin du pupitre. Puis on a fait de l'histoire sainte, de l'histoire du Canada. Mlle Germaine procédait ainsi : tout était toujours une histoire. Et elles étaient faciles à comprendre pour nous, enfants de la terre, des champs, de la forêt, surtout celles des premiers temps de la colonie. Pas besoin de nous faire un dessin pour nous faire comprendre ce que Madeleine de Verchères avait vécu quand elle s'était aventurée loin de son fort ou pour nous raconter ce qui s'était passé au Long-Sault, ce sombre jour où avaient péri le brave Dollard des Ormeaux et ses compagnons partis faire la guerre aux Iroquois qui, nous assurait notre omnisciente maîtresse, se préparaient à attaquer Ville-Marie. Le décalage entre la vie que nous connaissions et les histoires qu'elle nous racontait n'était jamais bien grand. Tout était simple, clair, net. Il y avait les bons et les méchants, le ciel et l'enfer. Le ciel était notre patrie. La forêt, nous connaissions. Et ce fleuve géant qu'avaient remonté Cartier puis Champlain et tous les autres, il passait juste devant chez nous.

Un jour, il a fallu consulter une carte géographique. On devait, pour ce faire, aller dans la classe des grands, où Mlle Dubuc nous a reçus. Il y avait, accrochées aux murs, parmi les dessins des élèves, deux cartes cirées et en couleur (le Canada et le monde) qu'on déroulait en les tirant vers le bas, comme les toiles aux fenêtres de nos maisons.

Selon Lise, qui me rappelle tout cela, je suis resté médusé un jour devant la carte du monde. « Tu ne voulais plus revenir dans la classe. » J'ai toujours été passionné par les cartes géographiques, les mappemondes et les atlas, les plans des villes. L'un des murs de la cuisine d'été chez grand-maman Germain était presque entièrement couvert par une immense carte du comté de Portneuf, où chaque paroisse était parfaitement délimitée par des traits noirs et précis et des couleurs claires et douces, pastel, formant une mosaïque d'une très grande beauté : Neuville, Cap-Santé, Pont-Rouge, Deschambault, Donnacona, Grondines, Fossambault, Les Écureuils. Tout en haut, vers le nord, le vert sombre de la forêt à travers laquelle je suivais le cours de la Jacques-Cartier, qui passait derrière chez nous, au bout des terres cultivées. Et en bas, tout bleu, le fleuve. Ce bleu m'est resté en mémoire. En réalité, le fleuve n'est pas bleu du tout. C'est le ciel qui se mire dedans.

Un an plus tard, brusquement, la modernité est arrivée aux Écureuils, fascinante, brutale. Ils ont construit une école au village, tout près de l'église, du presbytère et du cimetière, un gros et impressionnant bâtiment en brique rouge, au toit plat, trois étages, si on compte le demi-sous-sol où se trouvait la salle de récréation, que tous les enfants, ceux du village, ceux de par en haut, ceux de par en bas et ceux du deuxième rang, devraient désormais fréquenter. On n'oubliera jamais les longs corridors aux planchers de bois franc, blond et brillant, de l'érable sans doute, sur lesquels nous glissions, émerveillés. Au bout, sous les fenêtres, d'énormes fougères en pot. Une propreté et un ordre jamais vus. Les sœurs de Saint-François-d'Assise se sont établies dans ce lieu de gloire et de beauté et ont pris dans leurs blanches mains les commandes de notre éducation. Toutes vêtues de noir, elles ont été, comme de raison, surnommées « les Corneilles ». Leur supérieure s'appelait sœur Saint-Pierre-d'Alcantara, une femme intimidante, effrayante et respectée.

Un autobus jaune faisait la cueillette des enfants qui habitaient hors du village, le long de la route nationale. Mais il était mal vu chez les garçons de le prendre. Nous préférions marcher, matin, midi et soir, le petit mille qui nous séparait de l'école. La marche du matin était toujours la plus riche en trouvailles. On ramassait en chemin les bouteilles de bière vides que les automobilistes ivrognes avaient lancées dans le *fosset* la veille au soir ; on les échangeait au magasin général contre de la gomme à mâcher ou des cennes noires.

La cour de la nouvelle école n'était pas clôturée. Elle donnait sur un vaste champ en friche bordé par la voie ferrée, qui filait en haut du cap dominant le fleuve. Nous y courions parfois, pendant la récréation, pour poser sur un rail une cenne noire que nous allions retrouver le lendemain, aplatie et allongée par les roues du train de nuit, sans autre valeur que symbolique. Les plus fortunés des garçons en avaient une dans leur poche ; la patte de lapin et le canif à la ceinture étaient également très en vogue.

Nous étions désormais assez nombreux pour former deux équipes de balle et jouer de vrais matchs dans le champ derrière l'école. Venant de l'extérieur du village, de ce qu'on appelait « par en haut », dans le sens du fleuve, timide en plus, ne connaissant pas vraiment les règles du jeu et n'ayant aucune expérience dans ce domaine, j'étais repêché *in extremis* et je jouais toujours « à la vache ». Jamais l'idée ne m'aurait effleuré de m'imposer comme lanceur, receveur ou premier but. Des garçons plus délurés, très sûrs d'eux, organisaient le jeu et formaient les équipes.

Et un jour, un grand jour... quelque chose s'est passé en moi. Une détonation m'a tiré de ma torpeur. Un joueur venait de frapper la balle. Je la voyais monter très haut dans le ciel, réalisant avec stupeur qu'elle venait vers moi. Et je me suis dit que j'allais la saisir, j'étais déterminé, certain de réussir. Elle semblait s'être immobilisée très haut et très lente dans les airs ; je me déplaçais vers elle, les mains levées, le ciel tout bleu, le fleuve au loin sur ma gauche, sans doute tous les visages tournés vers moi, et j'ai tout d'un coup compris les règles du jeu. J'ai saisi la balle et je l'ai gardée dans ma main, tout fier. Jamais je n'oublierai ce moment fondateur de ma petite personne. J'ai été pendant des jours et des jours porté par une douce euphorie. Et j'ai connu une courte mais intense carrière de joueur de balle molle. Je préférais évidemment jouer à la vache plus qu'à toute autre position.

Quand nous quittions l'école, dans l'après-midi, un petit garçon du deuxième rang venait quelquefois me porter un cornet de crème glacée à cinq cennes que m'offrait sa cousine Monique, à qui je n'avais jamais parlé. Nous avions neuf ans. Le cornet avait été acheté au magasin général du village. Le petit garçon l'avait eu à la main pendant dix ou quinze minutes, me cherchant dans la petite foule des écoliers qui se dispersaient, me rejoignant sur la route pour me tendre ce cornet déjà dégoulinant, peut-être léché. J'étais embarrassé, intrigué, troublé d'être l'objet de désir d'une petite fille que je ne connaissais que de vue. Elle était brune à la peau mate, ses cheveux très épais coupés en balai lui couvraient le front jusqu'aux yeux. L'idée ne m'est jamais venue d'aller lui parler… ni de refuser le cornet.

L'hiver, les enfants du deuxième rang, qui n'était pas carrossable et jamais déblayé, voyageaient en *snowmobile*, ce qui éveillait chez les autres une lancinante et tenace jalousie. Ce véhicule oblong, couleur sang de bœuf, percé sur les côtés de petits hublots ronds, pouvait aller partout, à travers champs et forêts. Et il faisait un vacarme ravissant.

Il nous a fallu apprendre à vivre ensemble, petits garçons et petites filles de par en haut, de par en bas, du deuxième rang et du village. Mais nous formions des clans difficilement compatibles. Si on jouait au drapeau, par exemple, ou au ballon-chasseur, immanquablement, c'étaient les gars de par en haut contre ceux de par en bas. Les enfants du village, peu nombreux, car c'étaient surtout de vieilles gens qui y habitaient, allaient vers l'une ou l'autre équipe, de même que les ressortissants du deuxième rang. Au besoin. Et c'était bien ainsi. À mon avis, le sport d'équipe, pour être réellement enlevant, doit être chauvin. Il faut avoir quelque chose à défendre, son honneur, son territoire, sa famille. On ne s'est donc jamais tout à fait mêlés les uns aux autres.

Mais nous étions enfin sortis du cocon, où l'on ne retourne jamais. On ne fait ça qu'une fois dans sa vie...

Même après l'arrivée des bonnes sœurs de Saint-François-d'Assise et la fusion scolaire, on a continué de pratiquer, aux Écureuils, un chauvinisme qui m'apparaissait, et me semble toujours, bien fondé et d'assez bon aloi. Nos oncles et nos tantes du côté des Germain, où l'on aimait beaucoup s'extasier, nos maîtresses d'école, probablement même le curé, tout le monde nous apprenait, comme s'il s'agissait de données objectives, indéniables et irréfutables, que nulle part ailleurs sur la Terre il ne faisait aussi bon vivre qu'aux Écureuils, que le Saint-Laurent, qui passait majestueux et impassible devant notre village, était le plus beau fleuve du monde et que le pont de Québec était l'une des huit merveilles du monde. Et je les croyais. Dur comme fer. C'était, pour moi, aussi vrai que deux et deux font quatre et que Jésus à vingt ans mesurait six pieds exactement.

Depuis, j'ai vu l'Amazone et le Yukon, le Gange, le Nil, le Zambèze, le Rhône et la Loire, l'Hudson, le Mississippi, le Columbia et le Rio de la Plata, et beaucoup d'autres fleuves, grands et petits. Et je dois dire, en toute objectivité, que le Saint-Laurent reste mon préféré, surtout dans le bout des Écureuils. C'est vrai qu'il est beau, émouvant, avec ses eaux frémissantes, ses côtes escarpées d'où tombent de clairs ruisseaux, ses larges battures à marée basse.

Nous étions bien, donc, comblés. Il y avait parfois des touristes qui passaient sur la route nationale, dans de grosses voitures étincelantes. Quand, à l'heure du train du soir, il fallait faire traverser les vaches pour les mener à l'étable, nous agitions un petit drapeau rouge pour faire signe aux automobilistes d'arrêter afin de laisser passer le lourd et lent troupeau. Les Américains descendaient alors de voiture et nous photographiaient. Ils riaient beaucoup. Nous posions, fiers comme des petits coqs. Impressionnés, certes, par ces gens qui parlaient un si étrange langage et roulaient dans de si grosses voitures, mais pas du tout envieux. Au contraire. Nous étions persuadés qu'ils nous enviaient, eux, de vivre dans un si beau et si charmant coin du monde. Je me plais à croire qu'avec mon cousin Ti-Marc, avec Ti-Jude Trépanier ou Clément Brière, nous figurons, enfants de huit ou neuf ans, dans des albums-souvenirs qui à l'heure actuelle sèchent ou moisissent dans quelque grenier du Vermont, du Michigan ou de New York, et qu'on verra peut-être apparaître un jour dans un marché aux puces avec cette mention au dos : « Children, Quebec, Can., circa 1953. »

P.-S. De temps en temps, l'un ou l'autre de mes frères et sœurs, en route pour Québec, s'arrête aux Écureuils saluer nos très vieilles tantes et voir de quoi a l'air notre village natal. On a tous la même réaction en revoyant l'école, ce bâtiment qui autrefois nous avait ébahis. « Ça ne fait que deux étages », se répète-t-on. Tout, en fait, nous paraît plus petit qu'autrefois, même nos tantes, même les champs qui sont maintenant pleins de maisons.

P.-P.-S. Ma sœur Lise me rappelle parfois que je n'avais d'yeux à cette époque que pour Lorraine Beaudry, une autre blonde aux yeux bleus, qui ressemblait à la plus belle femme du monde, Marie-Ange Lamothe, ma nouvelle maîtresse d'école. Ni à l'une ni à l'autre je n'ai jamais osé ou même pensé avouer ma passion.

P.-P.-P.-S. Alain se rappelle que, à l'école, il fallait porter des pantoufles par-dessus nos chaussures pour ne pas abîmer le parquet et surtout pour le cirer en se traînant les pieds.

P.-P.-P.-P.-S. Odette, elle, je ne sais comment ni pourquoi, a réussi un jour à monter dans le *snowmobile*, ce que jamais, moi, je n'ai pu faire. J'étais très jaloux. Le suis encore.

AIRES DE FAMILLE

« Sinon l'enfance, qu'y avait-il alors qu'il n'y a plus ? »
Saint-John Perse

Des huit garçons que ma mère a eus, j'ai longtemps été son préféré. Fatalement. J'étais son premier ; une fille avant moi, deux après. Jusqu'à la naissance, quatre ans et trois mois plus tard, de mon frère Jean-Pierre, son cinquième enfant, j'ai été, personne n'en doutera, le garçon préféré de ma mère. Et aussi le chouchou de Laurence, ma grand-mère paternelle, ma marraine, dont j'étais le premier petit-fils. Et le joujou de ma grand-mère maternelle, Marie-Berthe, et de mes sept tantes, dont j'étais le premier neveu, Judith, Aline, Odyle, Madeleine, Henriette et Raymonde, du côté de mon père, et Claire, du côté de ma mère. Aucune d'entre elles n'était encore mariée ou entrée en religion ; elles avaient entre quinze et vingt-cinq ans et se disputaient à savoir laquelle me prendrait dans ses bras, me bercerait, me langerait. J'ai ainsi passé le plus clair de mon temps, durant les premières années de ma vie, contre les poitrines accueillantes, faute pour la plupart d'être abondantes, de toutes ces femmes. J'ai été tous les jours maintes et maintes fois couvert de la tête aux pieds de baisers, mordillé, chatouillé, cajolé.

Comment je sais cela ? On ne me l'a pas dit de façon tout à fait explicite. Et je ne m'en souviens pas vraiment. Mais j'en suis quand même absolument sûr. J'ai bien vu par la suite comment dans ces familles on traitait et on traite encore les bébés. Certaines grandes familles de par le monde font de la politique ou des affaires de père en fils ou en filles, ou montent des entreprises colossales, d'autres élèvent des chevaux ou des dromadaires, peignent ou sculptent ou écrivent ou composent des chefs-d'œuvre immortels ou donnent dans le crime et se transmettent de génération en génération de précieux savoir-faire... Dans mes familles, surtout du côté des Germain, on faisait des enfants, beaucoup d'enfants. Et on les adulait, on les bécotait, on les élevait du mieux qu'on pouvait. Et avec un infini plaisir. Nous en faisons moins aujourd'hui, hélas, mais nous sommes restés fous des enfants. Et fous de notre enfance aussi, de toutes les enfances. Chacun de mes treize frères et sœurs a eu la sienne, à nulle autre pareille et maintenant révolue, mais pas oubliée, jamais oubliée ; et nous en avons une en commun. Quand nous nous retrouvons, elle est immanquablement au centre de nos conversations, toujours vivante, multiple, kaléidoscopiquement évoquée, racontée, réinventée, toujours recommencée... C'est l'un des inestimables avantages d'appartenir à une grande famille.

Les humains, du moins ceux qui habitent dans nos contrées bien nanties, font de moins en moins d'enfants. Ils ne sauront bientôt plus ce que c'est que d'avoir des sœurs et des frères. On ne comprendra plus ce que c'est que la fraternité. On n'éprouvera plus d'amour fraternel, on ne vivra plus de chicanes de famille. On n'évoquera plus l'enfance commune. La famille elle-même ne sera plus qu'un cocon presque vide, désert, une notion *vintage*...

Nous avons passionnément aimé notre mère, Simonne, née Villemure. Elle n'avait qu'une sœur, Claire, son aînée d'un an, qui était tout le contraire d'elle, autoritaire et fonceuse, blonde à la peau très blanche, au visage rond. Notre mère était timide et douce, brune de cheveux et d'yeux, l'air d'une Méditerranéenne plus que d'une Saxonne. Elle avait aux joues des fossettes qui se creusaient joliment quand elle souriait. Et que notre père adorait.

En fait, on n'a pas connu la vraie famille biologique des sœurs Villemure. Leur mère, Lydia, née Gélinas, à Sainte-Flore, en Mauricie, remarquablement belle sur l'unique photo que nous avons d'elle, est morte d'une appendicite aiguë au tout début de la vingtaine quand ma mère, sa seconde enfant, n'avait qu'un an et demi. Notre grand-mère maternelle est donc restée pour nous une jeune et mince femme, sans une ride, sans un cheveu blanc. Sans histoire non plus. Nous ne savons évidemment rien de son caractère. Et personne ne nous en dira jamais rien. Si on se fie au visage calme et serein, qui ressemble de façon stupéfiante, mais en plus jeune, à celui de notre sœur Christiane, sa petite-fille, elle semble plus timide que fonceuse, plus douce que froide, certainement pas sévère et autoritaire.

Sur les rares photos que nous avons su conserver, on ne la voit nulle part en compagnie de son mari, Elzéar. Et on n'a pas de portrait de lui jeune. On se fait donc l'image d'un couple dépareillé : un homme mûr, à l'allure austère, qui ressemble un peu selon certains à notre frère Jean-Pierre, brun, mince, le nez aquilin, les yeux bien protégés sous de profondes arcades sourcilières… et cette fraîche beauté, sa femme, notre grand-maman inconnue. En fait, au moment où fut prise la photo de Lydia (sans doute lors de son mariage, autour de 1917), il devait, lui, étant né en 1892, avoir environ vingt-cinq ans. Mais pour nous, il n'existe pas à cet âge. Nous ne connaîtrons donc de lui, à travers la demi-douzaine de photos où il paraît, que cet homme sombre qui a épousé notre lumineuse grand-mère et lui a fait deux enfants.

Elzéar Villemure était venu, nouveau marié, s'établir dans la région où, à la confluence de la rivière Jacques-Cartier et du fleuve Saint-Laurent, la Donnacona Paper Limited avait construit quelques années plus tôt, en 1912, un énorme moulin à papier, un monstre noir, bruyant et fumant. Notre mère nous parlait souvent de son père et nous a laissé de lui le portrait d'un homme sobre et droit, intelligent et vaillant, très habile de ses mains. Je retiens de cela qu'il est faux de dire que les absents ont toujours tort. Quand ceux qui se souviennent d'eux les ont vraiment aimés, ils n'ont absolument aucun tort, que des qualités.

On pouvait sentir (ou on l'a ressenti ou compris plus tard) que maman aurait aimé que son mari ait acquis des qualités et des savoir-faire comparables à ceux que possédait son père. Mais Jean-Louis, notre père, n'était pas bricoleur, on ne l'a jamais vu un marteau, une scie ou un tournevis à la main. Et avec le temps, on a compris qu'elle nous laissait peut-être entendre, entrevoir (y prenant peut-être même un malin plaisir), que notre père, petit ouvrier, laitier, boulanger, manœuvre, gardien de nuit, connaissant trente-six métiers, trente-six misères, ne faisait pas le poids à côté du sien. Manière de nous dire : « Mon père était plus fort que le vôtre. » Ma mère était à la fois une grande dame et une petite fille.

Après la mort de la belle Lydia, Elzéar Villemure s'est remarié avec une jeune femme de dix-sept ans, Marie-Berthe Trépanier, qui a élevé ma mère et sa sœur, Claire, qui l'ont toujours appelée « maman » et se tournaient vers elle dans les moments difficiles. Lorsque Elzéar est mort à son tour, une vingtaine d'années plus tard, peu après la naissance de notre sœur Lise, Marie-Berthe s'est remariée avec un M. Bruno Fiset, qui avait déjà quatre enfants. Ce sont ces grands-parents maternels, avec qui nous n'avions aucun lien de sang, que nous avons connus. Et beaucoup aimés. C'étaient des gens rieurs, extrêmement généreux, heureux, je dirais. Elle, ronde, accorte, très active, le genre de femme toujours debout autour de la table ou devant ses fourneaux ou sa laveuse, incapable de ne rien faire. Quand on allait manger chez elle, on sortait de table pleins comme des œufs. Pour dessert, après la soupe, le pâté à la viande et le ragoût de porc, elle nous servait une énorme pointe de son gâteau au chocolat nappée de sa confiture aux fraises et flanquée d'une grosse boule de crème glacée à la vanille.

Je ne peux voir une photo d'Ernest Hemingway sans penser à son mari, mon grand-père Fiset, un homme costaud qui aimait les moteurs, le gin, le tabac et les animaux; il avait des terres mais n'était pas cultivateur, il spéculait, il achetait et revendait des vaches et des chevaux, des terrains. Tout pour lui semblait être un jeu. Un jour, pour le plaisir, il s'est acheté un bison, énorme bête rousse qu'on n'approchait qu'avec un infini respect et qui fit sensation à la ronde.

Contrairement aux Germain et à la grande majorité des gens du village, qui ne sortaient pas beaucoup, Bruno Fiset avait des relations à l'extérieur des Écureuils et de Donnacona. Il brassait de grosses affaires avec, entre autres personnes, Ti-Jean Plamondon de Portneuf, le père de Luc, le parolier, qui était l'un des plus importants maquignons du comté.

Un été, un cirque s'est arrêté aux Écureuils et a posé ses chapiteaux et toute sa ménagerie dans un des champs de notre grand-père Fiset, tout près de chez nous. Quelle fête ce fut! On entendait, la nuit, mêlés aux meuglements familiers, des barrissements, des rugissements... Un soir, je suis entré sous le grand chapiteau avec ma sœur Odette. Nous avons rampé sous la grosse toile tendue entre les câbles. Et nous sommes restés tapis dans l'ombre, sous les gradins. On a vu des éléphants et des tigres, des acrobates. Et une écuyère aux épaules et aux jambes nues, debout sur un cheval au galop, ses longs cheveux blond-roux comme une oriflamme sous les lumières. Odette me suivait en âge, mais me devançait dans l'audace et l'aventure. Elle voulait toujours partir, aller au bout des champs, traverser tous les chemins, franchir tous les interdits.

Elle m'enviait beaucoup quand, parfois, grand-papa Fiset passait chez nous pour débarrasser ma mère de ma turbulente personne. Il avait une grosse Lincoln blanche avec des vitres électriques et une suspension d'une incroyable douceur. Cette Lincoln, dont même Alain et Jean-Jacques qui n'avaient pas cinq ans se souviennent, on aurait dit un nuage parfumé au bon tabac à pipe, au cigare et au gros gin. On allait rencontrer des fermiers et des éleveurs dans les villages environnants. Souvent, on roulait sur des chemins de bois ou à travers champs à bord de cette belle machine de luxe, ce qui scandalisait les uns et faisait rire les autres...

Parfois, le soir, grand-papa Fiset venait à la maison pour dire à ma mère qu'il passerait me prendre le lendemain matin pour m'emmener à l'Exposition de Québec, le plus formidable spectacle qu'on pouvait rêver de voir. Et dont je pourrais par la suite parler à mes amis, qui m'envieraient tous énormément. J'étais saisi de bonheur, littéralement, au point d'être difficilement capable de dormir. Je pense qu'il ne serait pas venu à l'idée de mon grand-père d'emmener Odette, même si elle en crevait visiblement d'envie. L'exposition agricole était, pour lui et probablement pour tout le monde, une affaire d'hommes, comme à peu près tout ce qui se passait dehors, dans les champs, dans les bois, dans les bâtiments de ferme.

Nous partions à l'aube. Il faisait un temps radieux. Chaque fois. Mais il est bien possible qu'il n'y ait eu qu'une seule fois. La mémoire est tout à fait capable de dupliquer ou de fractionner d'aussi beaux souvenirs et de les éparpiller sur plusieurs années. Je suivais mon grand-père dans les étables, les écuries et les boxes où se trouvaient les chevaux. Il donnait aux taures, aux vaches et aux chevaux d'affectueuses et sonores claques sur les fesses et leur caressait les flancs et l'encolure. Il parlait avec des hommes rieurs comme lui, il leur serrait la main et trinquait avec eux. Et les hommes, tout rouges et hilares, parlaient très fort.

On voyait rarement les Villemure. Ils vivaient tous ailleurs, à Grand-Mère, Shawinigan, Sainte-Flore ou Trois-Rivières, et même très loin dans l'Ouest canadien. Ma mère avait un cousin dont elle nous parlait parfois comme s'il avait été un personnage de légende. Il était parti vivre au Manitoba. Quand il venait voir ses frères et sœurs à Grand-Mère, il leur faisait des récits époustouflants qu'on se racontait ensuite entre nous, chaque fois de plus en plus émerveillés. Il avait si grand de terre, disait-on, qu'il ne pouvait se rendre au bout en une longue journée de marche. Il avait vécu des histoires apocalyptiques, comme cette nuée de sauterelles si dense qu'elle obscurcissait le ciel qui s'était abattue un jour sur ses champs de blé, qu'elle avait complètement dévastés. Ma mère adorait tous ces récits lointains et exotiques.

Elle avait aussi un autre cousin fameux dans notre famille et même en dehors, Tony Villemure, un chanteur western que nous n'avons jamais rencontré, mais qu'on entendait parfois à la radio, dans une émission de fin d'après-midi que diffusait CHLN, depuis Trois-Rivières. Tony a connu un gros succès avec *La Vallée de la Mauricie*, dont je pouvais fredonner l'air il y a quelques années encore. Il est mort seul, sordidement, dans un motel… Vachement *destroy*, comme une légende beatnik.

Ma mère avait des oncles que nous ne connaissions à peu près pas, mais dont les noms incroyables nous ravissaient : Sévère, Isaïe, Élie, Éphrem, Moïse, Cléophas. Un seul avait un prénom « normal », Albert, mais on le prononçait à l'anglaise, *Albeurt*, en appuyant sur le T final. L'oncle Albeurt avait travaillé au moulin à papier de Grand-Mère, dont les patrons étaient anglais, d'où la consonance anglaise donnée par eux à son prénom. Et il y avait Flore, la seule fille de cette grosse famille d'une dizaine d'enfants, morte toute jeune, à dix-sept ou dix-huit ans, d'on ne savait quoi, une maladie rare.

Lydia, la mère de ma mère, était une cousine de Gratien Gélinas, célèbre auteur et acteur dont on parlait parfois à la radio et dans les journaux. Et il y avait, en plus, du côté de Marie-Berthe, la mère adoptive de ma mère, un missionnaire, le père Alexis Trépanier, rédemptoriste, que maman tenait en très haute estime. Parce qu'il était prêtre, bien sûr. Mais surtout parce qu'il était allé très loin, dans d'autres mondes, il avait traversé des mers et des continents et s'était rendu dans des pays si lointains qu'on ne pensait même pas à les chercher sur les cartes du monde.

Le père Alexis est venu un jour voir sa famille aux Écureuils, où il a fait littéralement figure de pop star. Je n'ai pas pu ou pas osé l'approcher. Ma mère non plus, je crois. Mais nous l'avons aperçu dans la foule du dimanche matin, sur le parvis de l'église. Il portait une soutane blanche et une barbe grise. Toutes les têtes étaient tournées vers lui. Il est reparti après quelques jours pour ses missions lointaines, nous laissant rêveurs…

Du côté des Germain, dont nous étions très proches, on ne trouvait rien d'exotique, que du domestique, du local, de l'ordinaire. Mon grand-père Léonidas n'avait pas d'auto. Contrairement à mon grand-père Fiset, il ne connaissait rien aux moteurs, aux machines et aux affaires. C'était un marcheur. Presque tous les matins, il allait à la messe de sept heures à pied. Deux milles sur un chemin venteux. Il s'est un jour tellement gelé les pieds qu'on a dû lui couper quelques orteils. Les Germain ne sortaient pas beaucoup du cocon. Ou s'ils le faisaient, ils n'allaient pas bien loin, Montréal, Abitibi, Côte-Nord, et ils revenaient régulièrement nous voir et nous dire qu'on n'était nulle part au monde plus heureux qu'aux Écureuils.

Ma grand-mère paternelle, Laurence, née Dussault, était de ces femmes qui préfèrent les petits garçons aux petites filles. Que les petites filles, par conséquent, n'aiment pas beaucoup. Et dont les brus ont toujours un peu peur. Elle avait des cheveux blond cendré très fins, qu'elle nouait en une toque bien serrée derrière sa tête. Et des yeux bleus, froids. Elle était sèche, nerveuse, toute mince, bien qu'elle ait donné naissance à quinze enfants. Elle marchait vite, en frappant fort du talon. Elle s'enorgueillissait de pouvoir se toucher le bout du nez avec la langue, ce qui nous faisait beaucoup rire. Et nous passions un temps infini à tenter, vainement, de faire de même.

Elle a fait un jour un drôle de coup à notre mère. Alain, le septième de la famille, devait avoir deux ou trois ans, un joli minois et de longs cheveux que maman s'amusait à boucler et à boudiner. Grand-maman Laurence, qui ne cachait jamais sa façon de penser, avait clairement dit qu'elle n'aimait pas ça du tout. Un petit garçon ne devait pas, selon elle, porter les cheveux longs. On avait pourtant une photo de notre père, quand il était bambin, où il portait les cheveux aussi longs que mes sœurs Lise, Odette et Marie-Andrée. Grand-maman Laurence avait décrété que ce n'était plus la mode… et qu'il fallait couper les boudins et les couettes d'Alain.

Histoire d'alléger les tâches de ma mère, mais aussi pour se faire plaisir, mes tantes Aline, Odyle, Henriette et Raymonde venaient de temps en temps chercher chez nous quelques bébés, qu'elles emmenaient chez leur mère pour catiner. Un beau jour, elles nous ont ramené Alain les cheveux fraîchement coupés. Ma mère n'a rien dit. Elle était trop timide, et le mal était fait. Mais elle en parlait encore trente ans plus tard. Et, pour ne pas lui laisser l'odieux de le dire, nous répétions que grand-maman Germain était une mégère et qu'elle se mêlait de ce qui ne la regardait pas.

Quand j'ai connu grand-papa Germain, il n'avait plus sa terre, qu'il avait dû vendre en même temps que son petit troupeau de vaches, parce que aucun de ses fils – Jean-Louis, Rolland alias Germain, Michel, Georges-Hébert, qui était entré en religion et m'avait cédé son prénom, Camille, Julien, Jacques, qui devait lui aussi faire un prêtre mais qui allait bientôt mourir – n'avait été intéressé à l'exploiter. Grand-papa avait gardé quelques poules, deux ou trois cochons, son vieux cheval Pitou, qu'il attelait parfois le dimanche quand il nous emmenait, Lise et moi, faire un tour dans le deuxième rang, avec grand-maman. Fido nous suivait tout ce temps.

En plus de prendre soin de sa fermette et de cultiver son jardin, grand-papa travaillait comme ouvrier au moulin à papier de Donnacona, où il se rendait et d'où il revenait à pied matin et soir, avec sa boîte à lunch en tôle. Il avait alors un peu plus de soixante ans. C'était un homme doux, gentil, paisible, souriant… «Doux avec toi», préciseront plus tard mes oncles et mes tantes quand je leur parlerai de leur père et des heures heureuses passées avec lui quand j'étais tout petit. Le samedi, on levait les œufs ensemble, on étrillait Pitou, on préparait la moulée pour la truie et sa portée, on cordait du bois, lui les grosses bûches, moi les petits rondins, on balayait les feuilles mortes, on désherbait le potager. J'avais cinq ou six ans, je lui étais totalement inutile, mais je crois qu'il aimait ma compagnie. Je le regardais tuer ses poules. Il m'enseignait plein de choses. Je lui ai fait remarquer un jour que la grosse pièce d'érable sur laquelle il fendait son bois n'était pas de niveau, mais légèrement biseautée. Il m'a dit que c'était voulu, parce que les bûches qu'il mettait dessus ne l'étaient pas, elles non plus. Cette leçon m'avait ravi. J'avais l'impression, vague mais excitante, d'avoir appris là quelque chose de très important. Quoi ? Je ne saurais le dire exactement. Quelque chose comme : « Tout ne doit pas toujours être tout droit dans la vie » ou « On a parfois besoin que certaines choses soient croches ».

Mes oncles et mes tantes ont tenu à préciser que mon grand-père était devenu doux et gentil avec ses petits-enfants après avoir été colérique, bougonneux et impatient avec ses propres enfants. Le monde à l'envers. Beaucoup d'hommes deviennent avec le temps et les épreuves de vieux grincheux amers et usés. Mon père a suivi, d'après moi, ce modèle infiniment plus répandu. Léonidas, lui, si j'ai bien compris, avait évolué à rebours. Comme si, rugueux et rêche au départ, il avait été tout bien poli et patiné par le temps. J'aimerais pouvoir faire de même.

Nous vivions au creux d'un monolithe socio-ethno-culturel pratiquement impénétrable. Seuls, autosuffisants, d'une inaltérable pureté, d'une parfaite innocence. Petit monde ignorant le reste du monde, le vaste monde. Aux Écureuils, nous étions tous blancs, catholiques et francophones, sans aucune exception. Nous étions la bonté même. J'étais absolument persuadé que jamais dans ce village de moins de douze cents personnes quelqu'un n'avait commis un crime ou vécu, ne fût-ce qu'une seule nuit, en état de péché mortel.

Ce n'est que beaucoup plus tard, à peu près en même temps que j'apprenais que Dollard des

Ormeaux n'était pas un saint homme, comme disait Mlle Germain, mais plutôt un *bum*, et qu'il s'était fait tuer au Long-Sault non pas en défendant Ville-Marie, mais en tentant de voler aux Iroquois une fortune en pelleterie, que j'ai su que tel monsieur des Écureuils n'était pas mort d'un accident de chasse, comme on nous l'avait toujours fait croire, mais qu'il s'était tiré une balle dans la tête. Que j'ai appris qu'un autre, père de plusieurs enfants, était homosexuel et allait régulièrement à Québec, dans des bouges infâmes, satisfaire ses bas instincts. Et que la grosse Pauline et le bonhomme F., pourtant si bons et si gentils tous les deux, vivaient et couchaient ensemble sans avoir été unis par les liens sacrés du mariage; et que lui n'allait jamais à la messe, même s'il insistait pour que ses enfants y aillent. Ce n'est que plus tard que j'ai su que nous n'étions pas tout à fait purs et pas tout à fait heureux. Mais il était trop tard; j'ai gardé et je garderai toujours, irrémédiablement, le souvenir d'un monde presque parfait, meilleur que tous les autres que j'ai connus par la suite. C'était l'enfance, mon enfance qui irradiait. Et elle irradie encore et colore tous mes souvenirs. Elle éclaire encore cette époque d'une lumière dorée, chaude, mordorée. Et ça sent la paille sèche, l'herbe tendre, l'eau fraîche et le lait tiède, un peu la mousse et la bouse de vache, la terre tant aimée…

P.-S. Une fois, grand-papa Fiset a emmené mes frères Alain et Jean-Jacques, et peut-être mes sœurs Odette et Marie-Andrée, dans sa Lincoln, jusqu'à l'orée de la forêt, pour aller soigner une vache qui venait de vêler. Alain a été fort impressionné. Il me décrit ainsi son expérience.

« Rien ne me préparait à ça. Personne ne parlait, dans une maison où pourtant un enfant naissait chaque année, de la manière de les faire et de les mettre au monde. Totalement ignorant en la matière, ce n'est que lorsque j'ai compris que c'était un veau qui arrivait que j'ai su que la vache n'était pas en danger. Mon grand-père s'est occupé du nouveau-né et de la mère comme si c'étaient des humains, avec douceur, parlant gentiment à la vache, caressant ses flancs et l'appelant sa "bonne fille". »

P.-P.-S. Serge a hérité du coffre à outils qu'avait fabriqué grand-papa Villemure et dont maman était si fière. Alain a son vilebrequin. J'ai une hachette dont il a sculpté le manche. Jean-Jacques a fait restaurer la longue-vue avec laquelle grand-papa Villemure regardait passer les navires sur le fleuve. C'est une lunette de navigation de marque Dollond au champ très large. Quatre barillets de cuivre se télescopent à la perfection dans un tube recouvert de cuir marron. Un bijou.

Voyage dans le dangereux inconnu

C'était à l'été 1951, et maman venait d'accoucher d'Alain. Ou à l'été 1952, et elle était très enceinte de Jean-Jacques. Nous sommes partis, elle et papa, Lise et moi, pour un très long voyage. Avec un confrère laitier ou boulanger de papa, un M. Gosselin et sa femme. Dans leur auto. Sept ou huit heures de route jusqu'à Montréal, alors métropole du Canada, ville géante, brutale et effrayante où vivaient depuis peu trois de mes oncles, que nous allions tenter de trouver dans cet océan de monde.

De la route elle-même, je n'ai gardé aucun souvenir. Par contre, j'ai en mémoire quelques scènes parfaitement bien conservées de notre entrée dans la grande ville et du séjour de quelques jours que nous y avons fait. Et j'ai d'autres images tout aussi précises des jours précédant notre départ. Entre les deux, presque rien. Mais je nous imagine, Lise et moi, assis sur la banquette arrière de la grosse auto de M. Gosselin, ravis, surexcités, pratiquement en état d'extase, mais sages comme des images. Ensemble, nous étions toujours sages comme des images. Et toujours bien mis, propres et polis. Maman me le dira plus tard : Lise avait sur moi un effet apaisant. Avec Odette, ce sera tout le contraire. Nous nous aimions tout autant, mais d'un amour plus tumultueux et plus conflictuel. Elle me narguait; je la battais. L'un de nous deux singeait l'autre, répétant comme un miroir ses gestes pendant des heures, imitant ses airs, reprenant en écho ses paroles. Ça finissait inévitablement par la guerre, que je menais sauvagement, pas de quartier, pas de pitié. Alors maman sortait la corde à danser et je prenais mon trou. Jusqu'à la prochaine chicane. Mais au moment de ce voyage à Montréal, Odette n'avait que quatre ou cinq ans et n'était pas encore intéressante pour mes joutes guerrières.

Maman avait passé des jours de grande fébrilité à préparer nos vêtements, qu'elle avait soigneusement rangés sur le divan et le fauteuil du salon, dont une barrière amovible interdisait l'entrée aux plus petits, qui auraient tout déplacé. Par terre, au milieu de la place, une grosse valise brune nous offrait, béante, ses intérieurs tendus d'un tissu brillant et rose. Maman plaçait nos effets (instruments de toilette, médicaments, les cigarettes de papa, quelques jouets peut-être) dans ses multiples pochettes.

Je ne sais trop ce qu'elle a fait des cinq petits que nous allions laisser derrière nous; j'imagine qu'une tante, Odyle probablement, que nous aimions tous d'amour, est venue habiter chez nous pour s'occuper d'eux. On a dû prendre la route de bon matin, comme on faisait toujours à l'époque quand on partait pour un long voyage. On ne savait jamais ce qui pouvait arriver : une crevaison, un accident, une panne de moteur. Ou pire, on pouvait s'égarer, se perdre et prendre un temps fou pour retrouver notre chemin. Il n'était pas bon de rouler la nuit, surtout en territoire inconnu. Or, on s'en allait justement dans le très grand et très dangereux inconnu.

La peur a monté d'un cran quand nous sommes arrivés aux abords de la grosse méchante ville. On s'est même crus perdus pendant un long moment. Papa et M. Gosselin étaient d'avis qu'il ne fallait surtout pas demander des renseignements aux passants qu'on apercevait parfois le long de notre chemin : ces gens-là étaient certainement malintentionnés et malveillants. En plus, ils ne voudraient pas parler, parce que tout le monde ici vivait dans la peur de parler. Je ne comprenais vraiment pas pourquoi. Je ne comprenais rien non plus à la peur qu'éprouvaient papa et M. Gosselin, mais je sentais qu'elle était fondée, sérieuse. Nous étions réellement en danger ; ces deux hommes-là ne pouvaient mentir. Mais Lise et moi n'étions que des enfants, ce n'était donc pas notre problème. Je crois que nous n'avions pas peur du tout ; nous nous sentions même en parfaite sécurité sur la banquette arrière. Je me demandais cependant comment M. Gosselin et papa avaient su que ces gens, qu'ils ne connaissaient pas, avaient peur de parler. Et de parler de quoi ? Je ne le sais toujours pas. Chose certaine, ils savaient des choses que nous ne devions pas savoir. Je garderai longtemps un peu de cette impression que la peur de parler règne dans le monde, surtout dans les grandes villes. Et que parler aux étrangers est toujours une entreprise hasardeuse.

Je ne sais pas à quelle heure du jour ou de la nuit nous sommes arrivés à destination, mais le lendemain matin était radieux et chantant. Nous avions dormi dans la maison qu'habitaient Camille et Julien, deux jeunes frères de papa, qui travaillaient comme jardiniers au collège Notre-Dame. Cette maison, qu'ils appelaient entre eux «le château», se trouvait (et se trouve toujours) juste à côté de l'ancien Musée de cire, en face de l'oratoire Saint-Joseph. Que demander de plus? Il faisait beau et frais, dans le sens de neuf. Tout était neuf et propre. Partout où nous mettions les pieds, trottoirs, pelouses, rues, le sol était parfaitement lisse, sans aspérité, sans faille. Aux Écureuils, à part le ruban asphalté de la route nationale et le parvis de l'église, tout était bosselé, accidenté, semé de cailloux, de bouses, de mottes et de crottes, même la cour de l'école... Montréal, ce fut mon premier sentiment, était une ville de paix, d'ordre, de propreté. De luxe aussi. Et de beauté. Aucune traînerie nulle part.

Camille et Julien nous ont fait faire le tour des jardins et des serres du collège Notre-Dame. On a vu des plates-bandes luxuriantes, remplies de fleurs inconnues sur lesquelles maman et Mme Gosselin s'extasiaient. Des arbres incroyables aussi, dont mes oncles connaissaient les noms. Et, jamais vu aux Écureuils, des haies, certaines si denses et si opaques qu'on ne pouvait passer au travers, ni même voir à travers.

Plus tard, nous sommes allés à l'Oratoire. Nous avons gravi les longs escaliers, que des pèlerins montaient à genoux, en récitant des prières sur chacune des marches. À peu près à mi-chemin, pour je ne sais quelle raison, à cause d'eux peut-être, nous avons été pris d'un tel fou rire qu'on a dû s'arrêter, et maman s'est assise sur une des marches, de grosses larmes roulant sur ses joues. Je n'ai pas été ému par le panorama qu'on découvre depuis la grande esplanade; on en avait un tout aussi vaste et spectaculaire aux Écureuils. Aujourd'hui, par contre, lors de mes promenades urbaines, je force mon vieux corps à monter là-haut pour contempler la ville et au loin la barre impassible des Laurentides.

Le lendemain, nous avons rendu visite à mon oncle Omer, alias Georges-Hébert, qui achevait ses études de prêtrise au monastère des Franciscains de Rosemont. Encore là, il y avait de beaux jardins magnifiquement aménagés et beaucoup d'arbres. Et c'était encore tout frais et tout neuf.

C'est peut-être ce jour-là qu'est né en moi le projet d'embrasser un jour la vie monastique et de devenir un saint, afin de vivre moi aussi dans de si beaux lieux.

P.-S. Lise, à qui j'ai parlé de ce voyage, m'a dit tout de suite qu'elle se souvenait de tout, même de ce qu'on portait, elle et moi, comme vêtements et comme chaussures. Elle avait, disait-elle, une jupe plissée marine et une blouse blanche, une boucle rouge dans ses cheveux et des bottines à trois bandes de cuir aux pieds. Je portais, moi, une chemisette pâle, des culottes courtes et des bottines vernies avec des bas de la même couleur que mes culottes, brun franciscain.

Rentré chez moi, j'ai fait en douce une petite recherche et j'ai retrouvé une photo de moi et une d'elle sur les genoux de notre oncle moine prise lors de notre passage au monastère de Rosemont. Tout est exactement comme elle m'avait dit, la jupe plissée, la chemisette, la boucle dans les cheveux, les culottes courtes, les bottines…

Tout ça en noir et blanc, évidemment.

En attendant Zaza

Zaza dort. La pluie d'été tombe doucement sur la forêt et sur le lac qui remuent, elle ses feuilles, lui ses vaguelettes. Zaza fait sa sieste méridienne là-haut, dans le petit lit de la chambre bleue, enveloppée dans sa beauté, dans ses suaves parfums, de tout mon amour. Allongé sur la bergère de la grande véranda, je lis *Onon: ta'*, le très beau, très savant et très grave livre de Pierre Monette, qui raconte l'histoire du mont Royal, des ruisseaux qui jadis coulaient de ses flancs, et des Sauvages qui passaient par là, furtifs et fiers. Il parle de la mort aussi, de la mienne, de la nôtre, même de celle des étoiles et des pierres, de notre vie sur terre qui est de bien courte durée… «Mais au moins, écrit-il, peut-on profiter de ce fugace clignotement d'existence pour jeter un peu de lumière sur ce qui l'a précédé et ce qui lui succédera.» Il est optimiste, lucide et vivant, je le soupçonne d'être heureux.

J'attends que Zaza se réveille. Un moniteur de surveillance me transmettra le moindre son émis par sa jolie petite bouche. Un pleur et j'accourrai. Un éclat de rire et je serai près d'elle avant qu'il ne s'éteigne. Je viendrai près de son lit. Elle me regardera, étonnée, un très court moment, c'est ce qu'elle fait toujours. Ses yeux sembleront voir tant de choses en moi, tout au fond de moi. Et je saurai alors, mieux que jamais, qui je suis, ce que je vaux, ce que j'aime. Je ne pourrai rien cacher, ni à elle, ni à moi. Zaza me rassure, elle me protège. Elle me regardera donc, interrogeant sa toute neuve mémoire. Et soudain, me replaçant, me reconnaissant, elle m'assènera le plus bouleversant des sourires en me regardant du fond de son immense sagesse. Miséricordieuse, lumineuse enfant.

Zaza est un ange. Elle ne voyage cependant jamais léger. Venue passer une dizaine de jours chez nous, au lac Clair, elle est arrivée avec plus de bagages que j'en aurais si je partais six mois au bout du monde. Une valise était remplie de jouets tous plus éducatifs, écologiques, non toxiques les uns que les autres. Des oursons et des lapins en peluche et en couleur avaient fait le voyage en sa compagnie. Il y avait également des puzzles en caoutchouc mousse, des livres en tissu de diverses textures, des hochets *vintage*, des miroirs déformants. Une autre valise contenait ses couches jetables, ses lingettes et ses bavoirs, ses biberons, ses suces. Dans une glacière, une demi-douzaine de mignonnettes de lait maternel congelé, ses légumes, ses céréales, ses fruits biologiques. Un moulin à épices (pour moudre ses céréales). Un tire-lait pour sa maman. Des poupées multicolores, multiformes. Des monstres sympathiques, psychédéliques, certains velus ou emplumés, d'autres glabres. Une chaise haute. Une baignoire gonflable en forme de canard au fond de laquelle une pastille sensible indique la température de l'eau. *Too hot* en rouge ; *too cold* en bleu. Elle a même des lunettes fumées et des chapeaux à larges bords pour protéger du soleil son croquable minois, plusieurs petites robes, maints pyjamas avec ou sans pattes. Et plusieurs milliards de tonnes de beauté pure. Elle a eu huit mois il y a deux semaines.

Les bébés d'aujourd'hui, du moins dans notre monde bien nanti, ont d'innombrables jouets. Zaza et ses contemporains, cousins et cousines proches et lointains, en ont tous une quantité qui m'effare littéralement et m'inquiète même un peu. Comment pourront-ils s'attacher à l'une ou à l'autre de ces bébelles ? Et s'en souvenir durant leur vie entière, immergés qu'ils sont dans un océan de jouets presque tous *made in China*, scientifiquement programmés et longuement songés, des jouets utilitaires dont les créateurs (ou les fabricants) semblent (ou prétendent) connaître les effets et les répercussions sur le développement de l'enfant ? À croire que, sans eux, celui-ci ne pourrait s'épanouir. Or, le plus vif étonnement de Zaza a été notre chat, l'excellent Fido, un vrai chat en chair et en poil et bien griffé, qui se laisse aimablement tirer les oreilles et la queue. Ça m'a rassuré. Pas Fido.

Les bébés ont tellement de jouets aujourd'hui que c'est comme s'ils n'en avaient pas vraiment, ou comme si n'importe quoi était jouet, ou comme si les jouets servaient à tout. Nounours et pinpins en peluche ont pour mission d'éveiller l'imagination de l'enfant et, j'imagine, de lui inculquer le goût des relations interpersonnelles. Avec les jeux de blocs et les casse-tête chinois, il devrait pouvoir développer sa motricité fine. Pour chaque âge, chaque stade de son développement, on aura de quoi le stimuler, l'éveiller. Il y a même des jouets conçus pour qu'il les porte à sa bouche et les presse entre ses gencives pendant qu'il fait ses dents. Le seul sens que l'industrie et la pédagogie du jouet ne semblent pas vouloir solliciter, c'est l'odorat, pourtant si développé chez le nouveau-né. La nature s'en charge. Zaza, surtout depuis que sa mère a ajouté à sa diète lactée des aliments solides, produit elle-même d'assez puissantes odeurs… qui, bien sûr, gagas que nous sommes, nous ravissent au plus haut point. Et nous la félicitons et nous l'applaudissons, émerveillés. Zaza a fait un beau caca ! Et l'ange sourit, magnanime.

Qu'avions-nous jadis comme jouets dans la famille ? Il y a eu un vénérable hochet de bois peinturluré que mes frères et sœurs se sont passé de l'un à l'autre pendant des années. Nous avons tous eu la jouissance d'un seau et d'une pelle. Et accès à beaucoup de sable, de terre et de gravier à granulométrie variable. J'ai le souvenir fugace d'un très sympathique camion de pompier, mais je ne suis pas sûr qu'il était à moi. Plus tard, vers l'âge de cinq ans, quand nous habitions chez Maurice Delisle, j'ai eu à Noël, en même temps qu'une ceinture, un Meccano, jeu de construction et d'assemblage qui faisait la joie des petits garçons. Le mien était usagé et incomplet. Sur une feuille à part étaient proposés divers modèles d'assemblage, dont un pont, une locomotive et une pelle mécanique (qu'on appelait « pelle à *steam* »), très tentants tous les trois. Mais je n'ai jamais pu assembler ni l'un ni l'autre, faute d'écrous et de boulons que le premier propriétaire de ce Meccano, un lointain cousin, je crois, avait dû avaler ou égarer.

Résultat, je me suis assez vite désintéressé de la mécanique, de l'ingénierie et des savoir-faire connexes, ce que je ne regretterai que beaucoup plus tard. J'admire maintenant l'habileté manuelle et j'ai autant sinon plus de respect pour qui bâtit une maison ou construit un bateau que pour qui écrit un livre ou compose une symphonie. J'envie quand même un peu les enfants d'aujourd'hui qui peuvent s'amuser avec les nouveaux jeux d'assemblage mécanique. Ils peuvent construire des gratte-ciel, des hélicoptères, la tour Eiffel, l'Empire State Building, des modules lunaires. Plus de limites. Je pourrais, bien sûr, m'acheter un super Meccano. Mais je n'ai plus l'âge, ni le temps, ni la patience ou l'envie. Peut-être même que les petits garçons d'aujourd'hui n'en ont pas beaucoup eux non plus pour ce genre de choses. Ils sont, selon moi, infiniment plus proches de l'électronique que de la mécanique.

Internet offre des jeux (puzzles, jeux de course, labyrinthes, albums à colorier) en ligne, même pour des poupons comme Zaza, qui peut, d'une pression de son petit doigt, faire rugir l'image du lion méchant, hennir l'image stylisée du bon cheval, coasser la sautillante grenouille fluo et barrir le gentil éléphant rose. Tous les enfants de sa génération feront cela. Or, beaucoup d'entre eux n'approcheront jamais une vache de leur vie ; certains ne toucheront même jamais un chat ou un chien. Les animaux feront à leurs yeux partie d'une mythologie passée, d'un monde virtuel.

À leur âge, je ne connaissais pas le panda, ni le toucan, ni la gazelle. Ce qu'on ne voyait pas n'existait pas. Ou si peu. J'ai probablement vu un ours en peluche avant un vrai ours. Mais j'ai vu de vrais chiens, de vrais chats, de vraies vaches, avant de voir des images de chiens, de chats et de vaches.

Après le lait de ma mère, j'ai bu, comme tous les enfants des Écureuils, du lait de vache cru, une boisson désormais interdite de commercialisation dans tout le Canada. J'apprends par Internet que, très rapidement après la découverte de Pasteur, la consommation de lait cru a cessé dans les milieux urbains des pays industrialisés et riches. Elle s'est cependant maintenue dans les milieux ruraux, surtout évidemment là où il y avait des fermes laitières.

Si j'en crois Santé Canada, qui interdit le commerce du lait cru, je devrais être à moitié mort, scrofuleux, taré. En fait, il est bien possible que le lait cru soit devenu dangereux pour les gens d'aujourd'hui, qui peuvent attraper de graves coliques et des diarrhées, de quoi faire de la fièvre et vomir jusqu'à son âme, parce qu'ils ne sont pas immunisés. Nous l'étions. Nous vivions, les animaux et nous, dans une grande intimité.

C'était un monde absolument idéal. Pour un enfant, en tout cas. Il y avait là le bœuf et le cheval, les vaches et les poules, les cochons, des chats et des chiens. Et les ruisseaux et les champs, le fleuve et la forêt. Pourquoi ce monde idéal a-t-il changé ? Parce qu'il n'était sans doute idéal que pour les enfants que nous étions. Les adultes travaillaient fort d'une étoile à l'autre, sans un seul jour de congé. Il y avait le train à faire, matin et soir, sept jours par semaine, cinquante-deux semaines par année, en plus des labours et des semailles et des récoltes…

Les dérogations à cet horaire étaient rares et donnaient parfois lieu à des scènes loufoques. Lors des noces de mon oncle Camille, au Castel Vauquelin de Neuville, mon père et plusieurs de ses frères et de ses cousins ont pris un coup solide. Au retour, ils se sont barré les pieds à l'hôtel des Écureuils tenu par Charlie, le frère de mon grand-père Fiset. Quand l'heure du train est arrivée, les vaches se sont d'elles-mêmes approchées des étables et se sont mises à beugler à fendre l'âme, leurs pis douloureusement gonflés de lait. Mon grand-père et son frère Alphonse sont alors partis chercher leurs fils à l'auberge. On les a vus revenir sur la route, nous, petits garçons et petites filles, rieurs et inquiets, nos pères et nos oncles titubant, se faisant engueuler comme des gamins par leurs paternels. Ils ont dû, comme tous les jours, traire les vaches et évacuer le fumier, préparer la moulée pour les cochons et les poules… et recommencer le lendemain matin, avec un sévère mal de cheveux.

On faisait alors des enfants par devoir et par besoin. Dès qu'ils avaient atteint l'âge de raison, ils aidaient aux menus travaux de la ferme. Aujourd'hui, on fait des enfants par plaisir. Ils sont, d'une certaine manière, devenus des jouets eux-mêmes, surtout pour les grands-parents.

J'attends que Zaza se réveille pour aller jouer avec elle.

P.-S. Ma sœur Lise, quand elle voyage dans notre enfance, retrouve facilement sa poupée de chiffon, qui avait une tête lourde et dure, et des joues de porcelaine bien polies. Elle m'est revenue récemment avec une description détaillée des pelles et des seaux que nous avions. Je les ai tout de suite reconnus. Sa pelle était rouge ; sur son seau, il y avait une petite fille et des lapins ou des minous. Le mien était bleu, comme ma pelle, « avec des moutons ou des chiens », me dit ma sœur. J'opte pour les chiens. On les voyait japper, me semble-t-il.

P.-P.-S. Jean-Pierre m'apprend qu'il a hérité de mon Meccano incomplet. Il s'est construit, grâce à lui, de toujours vivaces et heureux souvenirs. Contrairement à moi, il ne croit pas qu'il lui manquait beaucoup de morceaux. Il y en avait assez en tout cas pour fabriquer de la machinerie lourde, un paquebot, un pont. L'entendant, je me dis que je n'étais tout simplement pas habile. Lui, comme tous mes frères, manie les outils et travaille toutes sortes de matériaux avec un art consommé. Alain a même fabriqué une guitare avec un de ses amis. Jean-Jacques manie tous les outils en artiste. Serge a refait, avec l'aide de Martin, toute sa maison, grosse menuiserie et subtile finition. Gérald et Jean-Pierre aussi.

Et je suis pris d'un doute… Ce Meccano était peut-être plus complet que je le pensais ! Et moi, alors, vraiment pas ingénieux !

Un tour de magie

C'était l'été. Sur la galerie chez Maurice Delisle. Moi, entre mon père et ma mère, qui lisaient *L'Action catholique*. Devant nous, les champs; au loin, le fleuve. Ma mère a dit à mon père que je savais lire. Pour lui en faire la preuve, elle m'a demandé si je pouvais déchiffrer le gros titre de la une du journal. J'ai facilement lu « Madame Pitre », puis je suis tombé sur un mot difficile qui contenait, me semblait-il, une lettre de trop. Ma mère m'a aidé, et j'ai dit à haute voix « condamnée ». J'ai relu, triomphant : « Madame Pitre condamnée à mort. »

J'ai compris alors, dans une sorte d'exaltante illumination, comment les lettres formaient des mots et comment les mots, s'enchaînant les uns aux autres, « disaient » quelque chose. Jamais je n'oublierai le sourire de ma mère quand elle s'est tournée vers moi. J'étais fier, moi aussi. Et troublé, ma mère et mon père m'ayant expliqué que Mme Pitre avait tué quelqu'un et qu'elle serait pendue. Ainsi, la première chose que des mots imprimés m'ont dite parlait de crime et de châtiment, de mort. Voilà tout de même l'un des événements fondateurs de ma vie. Le plus grand tour de magie que j'ai réussi à faire et à refaire : traduire en idées, en images, en couleurs, en événements les mots imprimés noir sur blanc dans les journaux et les livres. C'était un peu dur cependant, l'image d'une femme que je ne connaissais pas qui serait pendue et qui irait peut-être en enfer. Je suis resté peiné. La lecture ouvrait sur la dureté du monde, la méchanceté, la mort. Mais également sur toute la vie, tout le savoir. Je devenais magicien, savant, devin. La lecture était, plus que tout, la vie. Les mots, des actes, des événements.

Quelques mois plus tard, je lisais couramment. Et goulûment. Nous avions un livre à la maison, *La Bible d'une grand-mère*, de la comtesse de Ségur. Je n'ai jamais su comment ce livre avait échoué chez nous, mais je l'ai passionnément aimé. La comtesse racontait toute l'histoire sainte, depuis la création du monde jusqu'à la mort du dernier apôtre de Jésus. Mes passages préférés, maintes fois relus, étaient ceux de l'Ancien Testament où m'étaient racontées ces interminables guerres que menait le farouche peuple hébreu contre ses nombreux ennemis, quand ce n'était pas contre lui-même ou contre Dieu.

Je m'étais pris d'une vive admiration pour Absalon, le fils du roi David. Je n'ai jamais oublié sa mort très spectaculaire. Je la raconte d'abord telle que je m'en suis longtemps souvenu. Il faut savoir qu'Absalon était remarquablement beau et fort et que tous l'admiraient ; il portait les cheveux très longs et il était excellent cavalier. Je ne fais pas d'équitation ni de moto, mais j'ai toujours eu un faible pour les cavaliers et les motards, ils font de belles images et sont d'impressionnants exemples de bravoure et d'équilibre. Un jour donc, Absalon pourchassait à cheval un ennemi méprisable, un traître, un salaud et un pleutre qui était entré sous le couvert de la forêt, où il espérait échapper à son poursuivant. À chaque foulée de son cheval, Absalon gagnait sur lui. Il allait bientôt le rattraper et lui faire un sort quand ses cheveux se sont emmêlés dans la branche basse d'un arbre. Il laissa échapper son épée et resta ainsi, suspendu à cette branche. Son ennemi revint vers lui. Et, le voyant sans défense, le tua lâchement.

Ce n'est pas tout à fait ainsi que les choses se sont passées. Voici la vraie histoire. Absalon avait assassiné de sa main ou fait assassiner par un de ses sbires son frère aîné, Amnon, parce que celui-ci était tombé amoureux de leur sœur, qu'il avait violée et qu'il refusait d'épouser. Le père des deux garçons, le roi David, avait pardonné à Absalon, mais celui-ci, pour diverses raisons, s'était révolté contre la famille et l'autorité paternelle. Un jour, son armée mise en déroute par celle de son père, que commandait le général Joab, Absalon s'était enfui... L'histoire de la branche et des cheveux est exacte. Mais c'est par son poursuivant qu'Absalon fut tué. Joab, jaloux de la beauté d'Absalon et de l'affection que lui portait son père, et malgré les ordres de ce dernier qui avait demandé qu'on épargne son fils, le perça d'un coup mortel. Absalon n'était pas le preux chevalier que j'ai longtemps admiré. C'était un fratricide, un fils rebelle et un fuyard.

Étrange comment par la mémoire (et l'expérience qui donne un nouvel éclairage aux souvenirs) les choses peuvent changer. Un autre passage de cette *Bible d'une grand-mère* m'avait beaucoup intrigué ; je l'interprète aujourd'hui tout à fait différemment. Le roi David, devenu très vieux, faible et malade, avait toujours froid. De très jeunes filles allaient se coucher contre lui et sur lui pour le réchauffer de leur corps. Traitement royal s'il en est.

J'étais alors amoureux de ma maîtresse d'école, Marie-Ange Lamothe. Elle était blonde, mince, élancée, souple, les yeux bleus, avec quelques taches de rousseur sur les joues, vraiment très belle. On l'appelait « la motte de neige ». Elle portait souvent une jupe portefeuille qu'elle attachait sur sa hanche avec une grosse épingle. Et parfois, quand elle s'assoyait, les pans de sa jupe s'écartaient, découvrant jusqu'au haut du genou sa jambe nue. J'étais fou d'elle. Elle nous a demandé un jour d'écrire une histoire. Ce fut mon premier récit, la première fois que j'ai écrit. Je n'oublierai jamais ce moment où s'est fait un déclic, ce même déclic que j'attends encore, chaque fois que j'écris, cet instant où sont larguées les amarres et où l'on vogue, libre, ivre. On va quelque part. C'est toujours un grand bonheur.

Un demi-siècle plus tard, lors d'un anniversaire du village des Écureuils, j'étais de retour au pays natal avec ma fille, Rafaële. On avait décidé à cette occasion d'honorer une autre maîtresse d'école, Régina Pagé, qui nous avait enseigné, à mon père et à moi (et à mon frère Jean-Pierre), et on m'avait demandé de parler d'elle devant tout le village réuni à l'église. Elle ne viendrait cependant pas à la messe commémorative. Trop vieille, trop fragile. Elle avait alors plus de quatre-vingt-dix ans. Je suis quand même passé la voir, avant d'aller à l'église. Elle était seule. Mlle Régina était vieille fille. Elle faisait des mots croisés. Elle venait de trouver le mot « stolon » et m'a expliqué qu'il s'agissait d'une tige aérienne comme celle du fraisier, par exemple, qui court sur le sol, le contraire du rhizome, qui pousse sous la terre. Nous avons parlé un moment dans cette grande maison où elle m'avait jadis, au printemps de mes onze ans, fait étudier les « éléments français » afin que je saute ma septième année pour entrer en éléments latins, première année de ce qu'on appelait le « cours classique » ou les « Humanités », qui menaient aux professions libérales ou à l'état ecclésiastique. Mlle Régina portait, comme dans le temps, un chemisier de soie et un parfum, toujours le même, qui sentait le poivre, la sarriette et le lupin. Je pense qu'elle était très contente de me voir. Elle me félicitait, me disait qu'elle lisait mes articles dans les magazines et me voyait parfois à la télévision. « Tu fais une belle carrière », m'a-t-elle dit. « C'est beaucoup grâce à vous », lui ai-je dit.

Marie-Ange Lamothe, elle, était à la cérémonie. Je l'ai vue sur le parvis de l'église après la messe. Elle était encore belle. Elle m'a rappelé cette composition que j'avais écrite, en quatrième ou en cinquième année, et qu'elle avait conservée. C'était un récit d'aventures. « Appelle-moi quand tu viendras à Québec, je te la remettrai. »

Il y avait dans cette partie du village qu'on appelait « par en bas », suivant le cours du fleuve, la famille Hovington. Yvon avait mon âge. Son père pilotait l'une de ces longues barges qu'on voyait passer sur le fleuve. Il voyageait par en haut jusque dans les Grands Lacs et par en bas jusqu'à la mer. Yvon passait une partie de l'été sur la barge que pilotait son père. Je n'étais pas malheureux de jouer à la ferme avec mes cousins, mais je l'enviais furieusement. Ma composition a suppléé. Par l'écriture, on vit. C'est par l'écriture donc que je suis allé, pour la première fois de ma vie, dans le golfe du Saint-Laurent. Mon texte n'était pas bien long, mais j'y avais mis le fleuve, une baleine et une tempête. Et autre chose sans doute que j'ai oublié, qui avait intéressé Marie-Ange et que je ne saurai jamais. Le temps a passé. Quand j'ai appelé la belle Marie-Ange, il était trop tard. C'était une veille de jour de l'An, il y a quelques années. Elle m'a reconnu et replacé, mais elle avait la voix hésitante. Je savais qu'elle était atteinte de la maladie d'Alzheimer. Je n'ai pas osé lui parler de ma composition. Elle est morte le printemps suivant. Je trouve aujourd'hui dans Google son avis de décès publié en mars 2009, m'informant qu'elle était née en 1928. Elle avait donc autour de vingt-cinq ans quand elle fut ma maîtresse bien-aimée.

J'ai ensuite oublié ce plaisir d'écrire que j'avais brièvement connu grâce à elle. En tout cas, je m'en suis longtemps passé. Comment, pourquoi ? Je ne sais vraiment pas. Pendant mon adolescence, qui fut à la fois innocente et inquiète, et pendant ma jeunesse, qui avec le recul me semble s'être passée dans les limbes ou dans la lune, je n'ai jamais écrit. Et j'ai fort peu lu. J'avais la tête et le cœur ailleurs. Ou je m'adonnais à d'autres plaisirs.

ANNE ET L'ŒUF

É tait-ce une légende ? Est-ce scientifiquement fondé ? Je ne saurais le dire. Mais tout le monde croyait chez nous pouvoir inciter une poule à pondre et à couver en plaçant dans son nid un ou deux œufs d'une autre poule ou même des œufs en marbre, en plastique blanc ou en bois peint.

Le bruit courait que c'était pareil pour les humains. Si une femme qui ne pouvait avoir d'enfant en adoptait un, elle avait de bonnes chances, disait-on, de tomber enceinte avant longtemps. L'enfant adopté agissait comme l'œuf (vrai ou faux) sur la poule stérile et déclenchait chez sa mère adoptive de fécondes ovulations.

Ma tante Madeleine et mon oncle Maurice, mariés depuis quatre ans, n'avaient toujours pas d'enfants. Ma mère en avait neuf, et son dixième, Martin, était déjà en route. De passage aux Écureuils, ma tante Madeleine et mon oncle Maurice nous ont emprunté la très mignonne et très blonde Anne, notre numéro six, quatre ans à peine, et l'ont emmenée passer quelques semaines chez eux, à Val-d'Or. Anne est ainsi devenue la première de la famille à faire un vrai grand voyage sans que papa et maman l'accompagnent.

Notre oncle Maurice était un homme charmant et attachant. Né en Ontario, il parlait anglais, ce qui était d'une extrême rareté même dans la famille élargie. Il était très grand et très musclé. Il avait chez lui des poids et des haltères avec lesquels il s'exerçait tous les jours. Et il faisait de la course à pied, ce qui n'était pas du tout à la mode, à cette époque. Il travaillait dans une mine d'or, où il descendait chaque matin. Et c'était si profond, nous racontait notre tante Madeleine, qu'il ne remontait même pas pour dîner. Elle-même, Madeleine, châtaine aux yeux bleus, était très gentille et très belle.

Le voyage d'Anne en Abitibi s'est fait en train avec Madeleine seule ; son mari avait dû rentrer plus tôt pour son travail. Anne, il va sans dire, était émerveillée. Le soir venu, ma tante l'a laissée un moment toute seule sur la banquette pour aller faire sa toilette et se brosser les dents. Est arrivé un grand monsieur vêtu de rouge dont le visage était tout noir, du jamais vu, du jamais même imaginé dans la tête de la blonde et blanche enfant des Écureuils. Elle s'est levée en criant, en pleurant, elle a couru aux toilettes et s'est jetée dans les jupes de ma tante, qui l'a calmée. Quand elles sont revenues à leurs fauteuils, le steward noir avait préparé leur couchette, placé leurs oreillers, tiré le rideau. Il a parlé un moment avec ma tante. Il avait une belle voix profonde et douce. Et il a fait à Anne un sourire qui l'a rassurée. « Il était très beau, dit-elle aujourd'hui. Quand il parlait, et encore plus quand il souriait, on voyait ses dents, parfaites, incroyablement blanches. »

Anne a gardé d'excellents souvenirs de ce voyage. Le steward noir reste cependant le plus spectaculaire de tous. À Val-d'Or, elle a dû être très gâtée, jolie petite princesse que Madeleine et Maurice devaient fièrement exhiber devant leurs nombreux amis et qu'ils emmenaient parfois chez mon oncle Michel et ma tante Rachel, ses parrain et marraine qui vivaient eux aussi à Val-d'Or. Ils lui ont fait un cadeau qui, cet hiver-là, a valu à Anne une certaine notoriété.

On ne fêtait pas l'Halloween aux Écureuils ; c'était le Mardi gras, la veille du mercredi des Cendres, premier jour du carême, que les enfants allaient de maison en maison, déguisés et peinturlurés, quémander des bonbons. Maman découpait des masques en carton qu'elle nous fixait sur la tête au moyen d'une corde ou d'un élastique. Selon Odette, certaines années, on n'avait ni costume ni masque de Mardi gras. Pour avoir des bonbons, on chantait une chanson ou un cantique.

Quand Anne est rentrée de Val-d'Or, elle avait, entre autres cadeaux, un masque de sorcière que lui avait donné l'oncle Michel, qui tenait là-bas une pharmacie. Le soir du Mardi gras, elle a eu avec ce masque un succès bœuf dans tout le village. Il faisait très peur à tout le monde, y compris à elle-même. Sauf quand elle le portait.

Cela nous amène à conclure que le voyage d'Anne en Abitibi s'est passé en hiver, un peu avant le carême. Sans doute même que Madeleine, que Dieu ait son âme de même que celle de l'oncle

Maurice, l'avait ramenée chez elle après sa visite des fêtes chez grand-papa Germain.

On ne connaissait pas non plus le père Noël, aux Écureuils ; c'était le petit Jésus qui dans la nuit venait porter des cadeaux à l'intention des enfants qui avaient été sages. Il avait aussi, pour chacun d'entre nous, une orange épouvantablement amère dont le parfum cependant nous ravissait. Maman faisait, sous le sapin de Noël, une crèche avec du papier imitant la pierre qu'elle récupérait soigneusement chaque année. Quand on allait se coucher, la Vierge, saint Joseph, les bergers et les Rois mages, l'âne et le bœuf, tous les personnages étaient là, sauf le petit Jésus, qui n'était toujours pas là quand maman venait nous réveiller pour aller à la messe de minuit, où, une année, nous allions faire notre première communion, Lise et moi.
Pour l'occasion, maman avait confectionné à Lise une robe avec un grand voile dans le tissu de sa robe de mariée. Et à moi, mon premier habit d'homme, bleu, avec une cravate rouge en soie. Nous nous sommes rendus à l'église à pied avec papa. Il faisait doux, il tombait ce qu'on appelait des « pattes de lièvre », de gros amas de flocons duveteux. À l'église, il y avait plein de voitures à chevaux. Les gens dételaient et faisaient entrer leurs bêtes au pas mou, elles aussi ensommeillées, dans la vieille étable près de l'église, sous le cap. Et c'était la paix sur la Terre. La paix totale et, me semblait-il, même si j'ignorais le mot comme j'ignorais et ignorerai toujours énormément de choses, inaltérable, la paix éternelle…

P.-S. Michel et Rachel, qui habitaient Val-d'Or au temps où y fut notre sœur Anne, sont aujourd'hui les patriarches de la famille. À quatre-vingt-treize ans, Michel fait encore du bénévolat dans un hôpital de Québec. Intarissable paquet de nerfs, mince comme un fil, il a réalisé il y a quelques années un rêve de jeunesse en traversant l'Atlantique à bord d'un paquebot. Nous l'avons surnommé « mon oncle Mieux-que-ça » parce que chaque fois qu'on lui demande comment il va, il nous répond « Mieux que ça, mieux que ça », depuis des années, immanquablement. On a beau s'ingénier à trouver des tournures de phrases qui l'empêcheraient de nous répondre ainsi, il parvient toujours à nous sortir son « Mieux que ça, mieux que ça ». Et il nous dit que sa vie a été un bonheur infini et que, si le Grand Barbu veut venir le chercher demain matin, il ne pourra pas se plaindre, il a eu largement sa part de bonheur.

P.-P.-S. D'après Lise, nous avons bien fait, elle et moi, notre première communion lors de la messe de minuit, quand nous étions en première année, en 1950, donc, quand nous habitions chez Jean-Louis Trépanier. Mais nous y étions allés non pas avec papa, mais en compagnie de maman. Papa gardait la maison, Odette, Marie-Andrée, Jean-Pierre et Anne, petit bébé. Quand nous sommes rentrés, nous avons trouvé la porte fermée à clé. Nous avons frappé et crié (pas trop fort, devait dire maman, pour ne pas réveiller les enfants). Par la fenêtre qui donnait sur la galerie, nous voyions papa endormi sur le divan. Et on n'a pas réussi à le réveiller. Je serais entré, selon Lise, par la fenêtre qui se trouvait à droite de la porte et qui donnait au-dessus de l'évier. Dans mon bel habit d'homme ? En plein hiver ? « Mais non, me dit Lise. Ton premier habit d'homme et la robe de dentelle que maman m'a faite, c'était pas pour notre première communion, mais pour notre confirmation. »

Je crois qu'elle a raison. Quoi qu'il en soit, en cette sainte nuit de notre première communion, maman était fâchée noir, parce que papa s'était endormi, ou plutôt assommé au p'tit blanc. Mais à notre arrivée, le petit Jésus était dans sa crèche.

P.-P.-P.-S. Tante Madeleine n'est pas devenue enceinte tout de suite. Ce n'est qu'en août 1959, quatre ans après que notre sœur Anne fut allée chez elle, qu'elle a donné naissance à son premier enfant, notre cousin Jean.

La petite maison blanche

Il nous est arrivé, au moins deux fois, de ne pas avoir de maison pendant des périodes de quelques semaines au cours desquelles nous avons été éparpillés à gauche et à droite. Jean-Louis Trépanier s'étant marié, nous avons dû quitter la maison qu'il nous louait depuis un an. J'y ai laissé quelques très beaux souvenirs. Le jardin d'abord où j'avais travaillé avec Lise et maman, l'été de mes six ans. La galerie arrière qui n'avait pas d'escalier, qui était faite de planches rugueuses où on se ramassait des échardes, mais qui donnait sur ce jardin et recevait le soleil du matin. Et ces moments passés avec Lise, assis tous les deux à une table près de la fenêtre avec nos cahiers à colorier de première année ; chaque page avait pour sujet une lettre de l'alphabet et des objets et des animaux dont le nom commençait par elle. Je n'ai jamais vraiment aimé colorier ou dessiner, sauf dans ce cahier, avec ma sœur à mes côtés. Et maman pas loin qui avait toujours un œil sur nous.

En attendant de trouver un autre logis, ce qui n'était pas facile, même à la campagne, pour une famille de neuf personnes, on est allés vivre chez les grands-parents Germain, dans la cuisine d'été. Toutes les maisons de ferme avaient autrefois cette pièce où l'on pouvait cuisiner, pendant la belle saison, sans réchauffer la grand-maison, qui restait fraîche et tranquille tout l'été. Si j'étais peintre, je pourrais tirer de ma mémoire des images très précises de cette pièce. Couleur des murs en planches debout, la marque d'usure creusant le seuil maintes fois repeint, le prélart jaune, l'odeur fraîche, fruitée, la carte géographique au mur, l'évier profond, le bruit que faisait la clenche de la porte, le poêle à bois ; à l'autre bout, une porte donnait sur la laiterie, dont la citerne avait été vidée depuis que grand-papa avait vendu ses vaches.

Depuis que j'étais tout petit, j'allais souvent dormir chez grand-maman Germain, surtout l'été, dans l'une des chambres du haut. Un soir, en me mettant au lit, j'avais aperçu ce que j'avais d'abord cru être un très gros papillon voler dans le passage. C'était une chauve-souris. J'ai appelé mon grand-père, qui est monté avec le balai. En jaquette. Mon père dormait en pyjama, comme moi-même et comme mon frère Jean-Pierre et mes cousins ou mes amis, chez qui j'allais parfois passer la nuit. Seules maman et mes sœurs allaient au lit en jaquette. J'étais partagé entre la peur et le fou rire.

On nous avait dit que les chauves-souris s'accrochent à nos cheveux et qu'on ne peut plus les en déloger. Qu'elles nous mordent dans le cou et nous sucent le sang. Mon grand-père s'est montré très brave. Il a frappé la chauve-souris d'un grand coup de son balai. Il l'a ramassée de sa main nue.

Nous sommes descendus dans la cuisine d'été et il l'a jetée dans le poêle. Avant qu'il ne rabatte le rond de fonte, j'ai eu le temps de voir le petit animal se débattre furieusement sur les braises en faisant entendre un cri strident, le diable en personne avec ses ailes membraneuses, ses griffes... En reposant le rond du poêle, mon grand-père m'a rassuré en me disant que ça ne durerait pas, que le petit animal était déjà mort. Mais j'ai continué à voir ce diable pendant des jours. Le lendemain, grand-papa était sur le toit avec son seau de goudron chaud, cherchant par où était entrée la chauve-souris...

J'ai dû être content quand on a emménagé dans cette cuisine d'été, même si on était en plein hiver. J'avais toujours été le bienvenu et choyé dans cette maison où vivaient encore les plus jeunes de mes oncles et celles de mes tantes qui allaient rester vieilles filles (Aline, Odyle et même Henriette, qui s'est mariée sur le tard) ou devenir religieuse (Raymonde). Et Judith et son mari, Vincent, leurs deux ou trois enfants. Avec nous, papa, maman, leurs sept enfants, ça faisait plus de vingt personnes dans la cabane.

Je ne saurais dire combien de temps nous sommes restés là. Mais on a retrouvé à peu près quand, Lise et moi. On s'est souvenus d'abord qu'il faisait très froid. Ensuite, que le bébé était Alain. Ça nous a menés tout droit à l'hiver 1951-1952, puisque Alain est né le 15 juin 1951. Grand-maman et les tantes étaient folles de lui, petit bébé blond et joyeux. Nos meubles avaient été rangés dans le hangar et dans la grange, à part le divan, sur lequel couchaient trois d'entre nous.

Il n'y avait pas de double porte dans cette cuisine d'été. Tous ceux qui entraient et sortaient de la maison devaient donc passer par chez nous. Chaque fois qu'ils ouvraient la porte, une masse d'air glacé grosse comme un bœuf entrait dans la pièce et nous passait sur le corps avec une brutalité effrayante.

La porte qui séparait les deux cuisines était percée d'une fenêtre. Il y avait un store du côté de la cuisine d'hiver, domaine de grand-maman, qui le levait quand ça lui disait, et alors elle regardait chez nous, notre misère, ce qui humiliait beaucoup ma mère. Je l'ai su plus tard par Lise, qui, étant fille et plus âgée, était plus que moi sensible à ce genre de choses. Ce fut selon elle une époque difficile pour notre famille.

Elle m'a rappelé que pendant cet exil nous avions eu la picotte ou la rougeole. Je ne sais pas qui avait commencé. Elle ou Odette ou Marie-Andrée ou Jean-Pierre, mais je suis à peu près sûr que ce n'est pas moi ; j'ai même cru pendant quelques jours que je pouvais y échapper. J'ai souvent eu dans ma vie cette impression, presque tout le temps illusoire, d'immunité ou d'impunité… Un matin, comme de raison, je me suis réveillé fiévreux, diarrhéique et morveux ; j'avais la picotte, moi aussi. Il y a des choses dans la vie auxquelles on n'échappe pas. Il me semble cependant que ce fut de courte durée. Et jamais aussi terrible que ce que j'avais imaginé.

Je ne sais si c'est avant ou après la picotte, mais cousine Germaine, notre maîtresse d'école qui habitait tout près chez ses parents, l'oncle

Alphonse et la tante Tina, est venue nous voir un soir. Elle a corrigé nos devoirs. Et nous a donné congé de leçons en disant, pour rassurer maman, que nous étions de très bons élèves.

C'est pendant cet épisode qu'est née une légende dont je suis le piètre héros, que mes frères et sœurs, même s'ils n'ont probablement aucun souvenir des faits réels, se répètent et colportent en riant. De moi. En fait, cette histoire a depuis longtemps débordé le cadre strictement familial, belles-sœurs et beaux-frères, certains neveux et nièces l'ayant maintes fois entendue et maintes fois répétée. Ils commencent par décrire les difficiles conditions dans lesquelles nous vivions et l'énorme travail que maman devait abattre tous les jours. Ils continuent en disant qu'elle devait de toute évidence se coucher complètement épuisée. Puis ils racontent que moi, une nuit, je serais allé la réveiller pour me plaindre de ne pouvoir dormir parce que j'avais le nez bouché. Ils prennent une voix nasillarde et geignarde et répètent : « Maman, j'ai le nez bouché, maman. » Et ils ajoutent immanquablement que, même si j'étais l'aîné des garçons, âgé de sept ans déjà, je me conduisais comme le chouchou à sa maman. Je l'étais. Nous l'avons tous plus ou moins été. J'avoue pour ma part en avoir abondamment et très innocemment profité.

Plus petit, quand on vivait chez le père Tom, je me levais parfois la nuit, j'allais près du lit de maman. Elle se réveillait, même si je ne faisais aucun bruit. Elle levait les couvertures et je me glissais près d'elle, dans sa douce chaleur. Et nous dormions ensemble un moment. De pur bonheur !

L'autre éparpillement a laissé dans la mémoire familiale des traces plus fraîches et plus profondes. C'était à peu près un an plus tard. Jean-Jacques était né, portant à huit le nombre d'enfants. Il nous fallait, cette fois, partir de chez Maurice Delisle. Ce logement était devenu trop petit pour nous. Et la maison où nous devions habiter était encore en construction.

Au début de l'été (c'est ainsi en tout cas, selon moi, que les choses se sont passées), grand-papa Fiset avait vendu une acre de terrain à mon père pour la somme d'un dollar. Un dimanche matin, à la messe, le curé avait informé ses ouailles dans son prône que l'interdiction de travailler le jour du Seigneur avait été levée et que tous les hommes du village étaient invités à participer à une grande corvée de construction chez Jean-Louis Germain. Ils devaient apporter leurs outils et de quoi boire et manger, parce qu'ils devraient travailler, si possible, jusqu'à la tombée du jour. J'étais immensément fier de l'attention qui était portée à notre projet familial. Tout le monde parlait de nous. Tout le monde viendrait chez nous.

Je ne sais trop quand s'est imposée à moi cette impression (faite sans doute d'observations que j'avais alors emmagasinées sans trop m'en rendre compte et que j'ai démêlées et décodées plus tard) que mon père était mal à l'aise d'être ainsi considéré ou mis en vue. Il avait échoué déjà. Il avait tenté de monter une laiterie, puis une boulangerie. Il avait tout perdu, même la maison dont ma mère et sa sœur, Claire, avaient hérité et qu'il avait hypothéquée. Maman n'aimait pas parler de cette époque, de ces échecs. Quand elle le faisait, on sentait poindre la déception, des regrets, une sourde colère. Parce que mon père, vaillant, certes, mais n'ayant aucun sens des affaires, avait mal investi cet argent, mais surtout parce qu'elle n'avait pas eu, elle, le droit de le toucher. Les femmes mariées, en effet, ne pouvaient à cette époque ni léguer, ni tester, ni faire d'emprunt aux banques. L'homme était le seul et unique chef de la famille. Maman a vécu avec ces règles imposées, mais elle y trouvait de l'injustice et de la bêtise.

Il faut dire que papa n'a pas eu de chance. Il distribuait le lait cru des fermes du voisinage au moment où arrivait sur le marché le lait homogénéisé et pasteurisé mis en marché par de grosses laiteries de Québec. Il a dû vendre sa *run* à un lointain cousin de maman, qui avait les moyens d'investir dans la modernisation de l'entreprise. Avec ses restes, il a acheté une petite boulangerie de pain cuit sur la sole au moment où le pain au lait, tout blanc, tranché et emballé de papier ciré, arrivait sur le marché. Nous-mêmes, au grand dam de papa, en raffolions.

Quoi qu'il en soit, après ces échecs, devenu simple laitier salarié, il allait être propriétaire d'une maison grâce à la charité de son beau-père. Et les voisins, parents et amis aideraient bénévolement à la construction de cette maison.

Tout de suite après la messe, ce dimanche-là, je me suis rendu sur notre terrain. Les fondations de la maison, faites de parpaings, étaient déjà en place. Le plancher aussi. Les hommes arrivaient de par en haut, de par en bas, un marteau ou une égoïne à la main. Et ils se mettaient tout de suite à l'ouvrage. Je les imaginais heureux, parce que je savais, me l'avait-on assez dit et répété, qu'il n'y a pas de plus grand bonheur que de se dépenser pour quelqu'un d'autre. Un peu plus et j'aurais trouvé mon père généreux de permettre à tous ces hommes de bâtir notre maison à la sueur de leur front. La forme de ce bâtiment était toute simple, reproduite à cette époque à des dizaines de milliers d'exemplaires à travers l'Amérique du Nord, mais encore jamais vue aux Écureuils : un bungalow typique, une curiosité, criant de modernité.

J'entendais les hommes discuter entre eux et s'extasier. Je comprenais à leurs conversations qu'il y avait beaucoup d'innovation dans cette construction. D'abord, les murs étaient faits de tronçons de pitoune d'environ six pouces de longueur cordés et noyés dans le mortier, le tout recouvert de stucco blanc. Quelqu'un, qui semblait s'y connaître, avait dit que cette technique permettrait aux murs de respirer, ce qui m'avait infiniment intrigué.

Il y a bien eu quelques dimanches de corvée. Mais les travaux ont pris du retard. À la fin de l'été, nous devions partir de chez Maurice Delisle, qui avait loué à une autre famille. Et notre maison n'était pas prête. Ce fut la raison du grand éparpillement.

Avec Lise, Odette, Anne, Alain, j'ai repéré tant bien que mal les lieux d'exil de chacun des enfants. Sauf de Jean-Pierre. Lui-même dit ne pas savoir où il a échoué ; il est peut-être allé à Shawinigan, chez sa marraine et son parrain, Blanche et Donat Ricard, dont nous ne gardons que de très confus souvenirs. C'est bien possible. Il n'était pas encore à l'école et pouvait sans problème quitter Les Écureuils.

Lise a abouti chez un cousin de papa, Daniel, nouvellement marié à une jeune femme timide, Julienne. Ils parlaient terriblement peu, tous les deux. Et ils se couchaient à l'heure des poules, pas de radio, pas de bruit. Habituée à une maison remplie de monde, de cris, de chants, de rires et de pleurs, Lise a été dépaysée et par moments elle s'est ennuyée ferme, même si cousin Daniel habitait sur le cap, d'où la vue était magnifique, et même s'il avait un très beau potager et un superbe élevage de pigeons qui volaient en spectaculaire formation au-dessus de notre petit coin du monde.

Je les voyais matin et soir de chez grand-maman Germain, où je me trouvais avec papa. J'aimais toujours autant cette maison, où j'étais chouchouté par tout le monde, mais j'aurais bien aimé en connaître une autre, aller là où je n'étais jamais entré. Et j'enviais un peu Odette, qui avait été recueillie par un vieux couple, Donat Dussault, le frère de grand-maman Germain, et la très douce matante Louise, que nous adorions. Ils habitaient au village, tout près de l'église et de l'école, dans une maison qu'on disait très ancienne. Je pense qu'ils n'avaient pas d'enfants. Ou qu'ils n'en avaient plus. En tout cas, ils ont tous deux entouré Odette de tant de petits soins que parfois elle n'en pouvait plus.

Chez nous, on n'avait pas tellement de choix à faire. Le matin, par exemple, on avait pour déjeuner du blé soufflé qu'on achetait dans une poche en tissu grosse comme un oreiller. Quand la poche de blé était vide, maman en achetait une de gruau. On n'avait jamais les deux en même temps. Pas de choix à faire, donc. Or, chaque matin, matante Louise proposait à Odette, en plus du beurre de *pinottes*, de la mélasse, du sirop d'érable et des confitures, du blé soufflé et du gruau, mais aussi des céréales dans des boîtes de carton, comme des Corn Flakes et des Rice Krispies, ce dont nous n'avions jamais entendu parler chez nous. C'est dans cette maison, « qui sentait le thé des bois », et avec ces vieilles gens souriants et chaleureux qu'Odette a découvert les douceurs et les saveurs d'une certaine modernité.

Marie-Andrée était chez tante Judith, sa marraine, qui habitait au-dessus des grands-parents Germain et que nous aimions bien ; ses enfants les plus âgés, Jocelyn, Christian et Marcelle (si rieuse, si fine et si belle), partageaient nos aventures et nos jeux. Anne était très heureuse de partir chez les Vadeboncœur retrouver une fille de son âge, Réjeanne. Derrière leur maison, adossée au cap, il y avait un bel élevage de lapins appartenant au plus jeune des garçons Vadeboncœur, Roger, qui était dans ma classe.

À peu près tous les gars de mon âge avaient quelques lapins. J'avais aussi un coq bendy et une poule. Elle était magnifique, très colorée, bonne pondeuse. Maman me faisait parfois cuire ses petits œufs au miroir pour mon déjeuner. Le coq était malin et agressif. Quand je faisais des colères et me disputais avec Odette, maman me disait que je lui faisais penser à mon coq bendy, ce qui me rabattait *illico* le caquet. Mes lapins m'ont donné beaucoup de trouble. Je ne parvenais pas à les tenir en cage. Je me levais un matin, ils s'étaient faufilés entre le grillage et les barreaux, et je passais une partie de ma journée à courir après eux et à réparer leurs cages. Le mâle était blanc; la femelle, grise. Un soir, je l'ai trouvée très agitée. J'ai mis mon mâle dans une autre cage. Le lendemain matin, j'avais six petits de diverses couleurs. J'en ai perdu plusieurs très rapidement. Mais j'en ai gardé longtemps un roux. Et puis ce qui devait arriver arriva. Une belette ou un renard, une nuit… Ce matin-là, Ti-Jude Trépanier est venu me dire qu'il avait trouvé mon lapin dans la côte à Doré. J'étais si peiné que je lui ai répondu que ce n'était pas de ses affaires. Et je suis allé voir mon pauvre lapin égorgé, tout mou. Je l'ai enterré dans la cour.

Alain, deux ans, était chez le grand-oncle Alphonse et matante Tina, qui se sont attachés à lui. Ils avaient cédé leur ferme à leur fils, Émile, et n'avaient plus rien à faire que regarder passer le temps. Émile et Clémence avaient déjà une douzaine d'enfants. Deux de leurs filles, Pierrette et Charlotte, qui avaient dix et douze ans, allaient voler Alain à matante Tina et l'emmenaient chez elles pour catiner avec lui.

Jean-Jacques, qui n'avait pas un an, était chez grand-maman Fiset avec maman, enceinte de Christiane. Elle venait nous voir de temps en temps.

Lise m'écrit ces mots touchants : « Quand on était éparpillés, maman, comme un commis-voyageur, passait d'une maison à l'autre avec son stock de tendresse. »

Je suis pas mal certain que ce second éparpillement s'est fait à la toute fin de l'été 1953. Je suis allé un soir avec papa et deux ou trois de mes oncles voir notre maison toujours en construction. Il faisait froid et noir, ça sentait le ciment frais et la pulpe de bois. Les cloisons étaient en place, de même que l'évier de la cuisine, mais il n'y avait pas encore d'électricité.

Quand, finalement, nous avons emménagé dans cette petite maison blanche, les abords, mal drainés, étaient très boueux. On a eu, longtemps, un étroit trottoir de bois, fait de larges planches mises bout à bout, qui montait vers la route nationale. Seule la salle de toilette avait une porte. Il n'y en avait pas aux chambres; maman avait posé des rideaux. Mais nous étions chez nous, enfin. Et de nouveau ensemble. Chacun avec un bagage de souvenirs, mille choses à raconter, des cadeaux, quelques nouveaux vêtements et des jouets reçus des familles d'accueil dans lesquelles je crois pouvoir dire que chacun de nous avait fait bonne figure. Certaines de ces familles ont même vécu des petits deuils quand mes frères et mes sœurs les ont quittées. Surtout les deux vieux couples, Alphonse et Tina, Donat et Louise, qui avaient accueilli Alain et Odette et qui auraient bien aimé les garder plus longtemps. Matante Louise a dit et répété à maman, par la suite, qu'Odette était une enfant sage comme une image et qu'elle mangeait de tout, ce qui nous faisait beaucoup rire. Quand elle était chez nous, Odette avait le bec plutôt fin, pas de saucisse, pas de boudin, pas de poisson et pas de plein d'autres choses. Et elle n'était pas sage du tout. Elle était la plus frondeuse et la plus fonceuse de nous tous.

Désormais, nous ne désignerions plus notre maison par le nom de son propriétaire. Nous dirions toujours «la petite maison blanche». Elle est devenue mythique pour la plupart d'entre nous. Pendant quatre ans, nous y avons grandi.

P.-S. D'après Lise, c'est maman qui a fait les plans de la petite maison blanche, un rectangle dont la partie centrale était occupée par la chambre des parents et la cuisine, où se trouvaient le tambour et l'entrée de tous les jours. À l'arrière, du côté des champs, un corridor flanqué de deux chambres menait aux toilettes. À l'autre bout, passé une chambre d'un côté et le salon de l'autre, se trouvait la porte d'en avant, qu'on utilisait parfois l'été et par où entrait le curé quand il faisait sa visite paroissiale, quelle que soit la saison. Si c'était l'hiver, il fallait avoir déblayé pour lui.

P.-P.-S. Un soir d'hiver, papa, un peu chaud, nous a parlé des tempêtes de neige de son enfance et nous a dit qu'on peut courir l'hiver pieds nus dans la neige et que, tant qu'on court, on ne se gèle pas les pieds, on ne sent même pas le froid. Le petit chemin qui menait à la route nationale était bien tapé. La première chose qu'on a sue, Odette courait pieds nus dehors. Elle s'est rendue jusqu'à la route nationale. Elle est rentrée essoufflée. Maman était fâchée. Moi, frustré de ne pas avoir eu cette audace.

DE L'INUTILITÉ DE CERTAINES CHOSES

Peu après notre installation dans la petite maison blanche, on a vécu un événement heureux, qui fut suivi d'un malheureux, qui fut suivi d'un heureux… et ainsi de suite jusqu'à ce qu'on quitte le village pour Montréal quatre ans plus tard, la famille grossie d'autant d'enfants.

D'abord, très vite, maman a eu un autre bébé, Christiane, dont nous allions être et sommes toujours marraine et parrain, Lise et moi. Ce fut sans doute la première responsabilité que nous avons eue de notre vie, moi en tout cas. Notre oncle, le père Omer, qui avait été ordonné prêtre l'année précédente, était venu de Trois-Rivières baptiser notre filleule, neuvième enfant de la famille, cinquième des filles. Il portait une soutane de bure à capuchon avec un gros chapelet à la ceinture et des sandales. Il était, même pour ses frères et sœurs, même pour son père et sa mère, un être à part, infiniment respecté, béni.

Lise me rappelait récemment un fou rire que nous avions eu, elle et moi. Un visiteur venu chez nous avait dit « Que vois-je ? » et « Qu'entends-je ? ». Je pense, Lise en doute, que le quelqu'un en question, précieux, un tantinet maniéré, ne pouvait être que notre oncle Omer. Qui d'autre que lui, à cette époque, pouvait venir chez nous et parler ainsi ?

Il nous a préparés à la cérémonie en nous rappelant qu'en cas de décès de nos parents nous devenions responsables de Christiane. C'est en tout cas ce que j'avais compris, que c'était la raison première du parrainage. Lise avait dix ans ; moi, neuf. J'étais effaré. Je n'avais aucune envie de me retrouver avec des responsabilités d'adulte sur les épaules.

Je suis tombé par hasard, il y a quelques jours, dans le *Dictionnaire culturel Le Robert*, sur ces phrases tirées des *Propos* du philosophe Alain : « Toute l'enfance se passe à oublier l'enfant qu'on était la veille. La croissance ne signifie pas autre chose. Et l'enfant ne désire rien de plus que de ne plus être enfant. »

Certainement pas dans mon cas, monsieur Alain. Je ne désirais rien de plus que de rester enfant, je rêvais même de devenir enfant pour toujours, de préserver à jamais l'enfant que j'avais été la veille et d'être pour toujours tout à fait libre, comme un chat est libre... Mais au moment où naissait en moi ce désir, ou plutôt la conscience de ce désir, il était déjà trop tard. Je savais que je ne serais bientôt plus un enfant ; et que je garderais à jamais la nostalgie de l'enfance.

Un jour, dans la cuisine de la petite maison blanche, pris d'un doute, j'ai demandé à ma mère si j'étais encore un enfant. Elle m'a répondu que oui. Pour me rassurer. Mais je voyais bien, je sentais bien que, lorsqu'on pose une telle question, lorsqu'on ressent un tel doute, c'est qu'on n'est déjà plus et qu'on ne sera plus jamais de sa vie un enfant. J'ai quand même longtemps cultivé l'enfance, tout l'apanage de l'enfance. Il me semblait, et il me semble encore, qu'être un enfant est le statut idéal.

Lise, elle, appartenait déjà au monde adulte. Quand on rentrait de l'école, elle travaillait avec maman, elle s'occupait des bébés, elle mettait la table. Les samedis, les dimanches, les jours de congé, elle changeait des couches, faisait du lavage, du repassage, du ménage. Odette, bien que plus jeune que moi de deux ans, passait des heures à bercer les bébés pour les endormir. Moi, je jouais dehors, j'allais à la ferme de cousin Émile ou je descendais, seul ou avec des garçons de mon âge, jouer au bord du fleuve. Ou je relisais *La Bible d'une grand-mère*. J'étais bien, j'étais libre. Comme un chat, qui ne pense qu'à lui, qui n'a pas à se demander de quoi demain sera fait.

Quand mon oncle nous a parlé de nos responsabilités de parrain et de marraine, malgré la fierté que j'éprouvais, j'ai ressenti une certaine inquiétude. D'abord, je n'avais jamais pensé que mes parents pouvaient mourir. Et je concluais des dires de mon oncle que la chose pouvait se produire et que nous aurions alors, Lise et moi, la charge non seulement de notre filleule, mais de nos sept petits frères et sœurs. Lourdes tâches à assumer. Je sentais surtout que mon projet de rester un enfant allait être dangereusement compromis.

Mon oncle m'a rassuré en me disant que nous avions des grands-parents et plein d'oncles et de tantes qui s'occuperaient de nous. Pas de danger donc de ce côté. Et il nous a bien expliqué que notre rôle était surtout d'ordre moral : nous allions nous engager, tout à l'heure à l'église, à veiller à ce que Christiane soit toute sa vie une bonne chrétienne. Mais l'hypothèse de la mort de papa et de maman restait dans l'air. Et j'en ai quelque temps voulu à mon oncle de m'avoir révélé ou rappelé que mes parents pouvaient mourir un jour.

Ce fut quand même un heureux moment. Nous étions chics et propres, Lise et moi. Tous les parents et les voisins venaient voir le bébé dans notre maison qui sentait encore le bois et le ciment frais. Et ils s'extasiaient ; ils n'avaient jamais connu de parrain et de marraine si jeunes.

Un mois plus tard, Lise a commencé à se sentir mal. Elle mangeait peu et ne pouvait rien garder. Elle faisait de la fièvre, elle avait une boule de douleur dans son ventre, qui était devenu dur comme du bois. Maman lui préparait des bouillons, des compresses. Elle voulait éviter, comme toujours, d'appeler le docteur, qui coûtait épouvantablement cher. Les gens pauvres comme nous étaient terrorisés à l'idée de tomber malades. Tout coûtait cher, le docteur, les médicaments, l'ambulance, l'hôpital. Elle a trop attendu peut-être. Et peut-être se l'est-elle reproché plus tard. Mais elle ne pouvait pas savoir. Quand finalement le docteur est venu examiner Lise, que maman avait couchée dans leur lit, à elle et à papa (un moment de silence tendu dans la maison), il a dit que c'était très grave et qu'il fallait qu'elle soit transportée d'urgence à l'hôpital, à

Québec. Louer une ambulance était impensable. C'est grand-papa Fiset qui est venu chercher Lise.

Ils sont partis à la tombée du jour. Il faisait froid, tout était gris foncé. Je vois papa transportant Lise enveloppée dans une couverture et l'étendant sur la banquette arrière de la voiture, la Lincoln blanche à vitres électriques, dont grand-papa Fiset avait laissé tourner le moteur pour que Lise ne prenne pas froid. Maman pleurait. Il y a eu quelque chose de très tendre entre papa et elle. Juste avant de partir, il l'a tenue dans ses bras, longtemps, sans dire un mot, il passait la main dans ses cheveux, devant nous, en lui parlant doucement. Beaucoup plus tard, il nous a raconté que le docteur lui avait dit avant de partir : « J'en ai pas parlé à ta femme et je lui en parlerai pas, mais je pense pas que tu vas ramener ta fille ici. Prépare-toi au pire. »

Lise est entrée à l'hôpital Saint-François-d'Assise, tenu par les mêmes sœurs qui, deux ans plus tôt, étaient venues s'établir aux Écureuils.

Papa est revenu très tard dans la nuit. Quand on s'est levés, il nous a dit que Lise avait été opérée d'urgence. Quelque chose avait éclaté dans son ventre, et un poison très violent s'était répandu partout. Les docteurs avaient dû l'ouvrir et tout nettoyer. Et ça s'était fait vite, dès leur arrivée à l'hôpital. Il avait revu Lise par la suite, elle était inconsciente, elle avait un tube dans la bouche et un drain dans le ventre. Maman lui a dit de ne pas nous raconter tout ça. Mais il était trop tard. On savait que notre grande sœur était en très grand danger. Et que la maladie dont elle souffrait était la péritonite, une sorte d'appendicite compliquée.

Maman devait penser à sa mère, qui était morte vraisemblablement de cette maladie. Elle est partie à son tour pour Québec. Probablement avec grand-papa Fiset. Personne d'autre dans la parenté n'avait d'auto. Elle est restée quelques jours chez sa sœur, Claire, qui habitait Limoilou, tout près de l'hôpital Saint-François-d'Assise. Quand elle est rentrée, elle nous apportait de bonnes nouvelles. Lise était sortie des soins intensifs. En attendant qu'on lui trouve une place dans la section des enfants, elle avait été logée dans une grande chambre de l'aile des femmes, avec cinq ou six autres malades.

Le soir, après le souper, on récitait le chapelet en famille avec plus de ferveur que jamais. À l'école, on nous faisait prier pour Lise. Et un jour, on est allés la voir, Odette, maman et moi, avec Mme et M. Vadeboncœur, le maire des Écureuils. Maman disait de Mme Vadeboncœur qu'elle était une sainte. On a été, Odette et moi, fascinés par les corridors encaustiqués, les planchers brillants sur lesquels nous rêvions de patiner avec aux pieds les gros bas de laine dont on se servait pour cirer les planchers de la maison.

C'était chaque fois une fête. Maman étendait la cire, qui séchait rapidement. Le plancher était alors terne et mat. On le frottait avec ces vieux gros bas de laine aux pieds. Peu à peu, il commençait à briller et on pouvait glisser. Je n'ai jamais oublié le mouvement, l'élan, puis le pied droit projeté devant, les bras en croix pour garder le ballant, et la glissade sur quelques pieds.

Aux fêtes, Lise était encore à l'hôpital. Elle était devenue la coqueluche des bonnes sœurs et des femmes qui partageaient sa chambre. Quand elles ont appris que nous étions neuf enfants, elles lui ont acheté des pyjamas, une robe de chambre, des pantoufles, des poupées. Et quand on est venu chercher Lise pour l'emmener chez les enfants, où il y avait enfin une place pour elle, elles ont protesté. Elles voulaient la garder pour elles, comme leur mascotte.

Le jour de l'An au matin, c'est moi qui, exerçant le droit d'aînesse en l'absence de Lise, ai demandé à papa de nous bénir. Nous étions dans le salon, à genoux devant lui, même maman. J'ai dit : « Papa, voulez-vous nous bénir ? » Il a tendu les deux mains au-dessus de nous et a fait un signe de croix en l'air. Les plus grands se sont signés eux-mêmes, et on a fait une croix avec le pouce sur le front des bébés. Puis notre père a monté la côte et est allé, en tant qu'aîné, demander à son père de bénir sa famille. Et il est parti à Québec voir Lise, qui lui a demandé sa bénédiction devant les bonnes femmes, qui étaient tout émues.

Lise est rentrée auréolée de prestige, une princesse, une héroïne. Elle avait frôlé la mort. Or, nos jeux d'enfants consistaient justement à frôler quelque danger, les autos de la route nationale, les scies, les faux, les pattes arrière du bœuf ou du poulain, qui était extrêmement nerveux. Alors, frôler la mort, c'était le fin du fin.

Quand Lise est revenue à l'école, la mère supérieure, sœur Saint-Pierre-d'Alcantara, alias la Grande Corneille, l'a embrassée devant nous et elle a dit qu'elle était miraculée.

Lise a cependant eu du mal à s'adapter. Elle trouvait la maison petite et bruyante. Elle n'était plus dorlotée, libre et gâtée, comme à l'hôpital. Peu à peu, toutefois, avec l'aide de notre voisine Yvonne, qui était dans sa classe, elle a vu la matière des cours, fait ses devoirs, appris ses leçons et rattrapé les autres.

Les docteurs avaient nettoyé le ventre de notre sœur, ils l'avaient guérie. Mais ils lui avaient aussi enlevé un morceau, l'appendice, qui selon la maîtresse ne servait à rien, comme les amygdales et comme justement le G muet au beau milieu de ce mot, ou le T du mot « isthme ». Ça m'avait émerveillé et vaguement troublé, ces organes, ces morceaux de nous, de notre corps qui, comme certaines lettres çà et là dans les mots, ne servaient à rien, mais qui étaient là quand même. Ce fut peut-être le premier problème philosophique que j'ai réellement considéré. Et qui m'a sérieusement tarabusté et inquiété, pour ne pas dire angoissé. Passe encore qu'une lettre reste muette au sein d'un mot, mais comment et pourquoi le Créateur avait-il pu mettre au point des choses qui ne servent à rien ? Mlle Germaine nous avait expliqué à l'école que même les maringouins étaient utiles. Les oiseaux s'en nourrissaient. Et les oiseaux chantaient les louanges du Seigneur. Tout servait à quelque chose. Même le fumier de poule et le lisier de cochon, qu'on ramassait pour engraisser les champs. Tout devait servir à quelque chose. Et voilà qu'on nous disait que notre appendice et nos amygdales sont inutiles. D'où cette angoisse existentielle qui ne me quitta jamais tout à fait : serait-il possible que moi tout entier je sois inutile, que je ne serve jamais à rien, ni à personne ?

P.-S. Pour Jean-Pierre, le rituel du cirage des planchers a été une corvée. Il m'écrit qu'ils (lui, Marie-Andrée et Odette) étaient souvent «condamnés à éclaircir» les planchers, le samedi matin, alors qu'il aurait préféré aller jouer dehors. Maman étendait la cire sur les prélarts, ils enfilaient des guenilles aux pieds et couraient à gauche et à droite jusqu'à ce que le prélart brille. La version que me propose Anne est plus ludique et très joyeuse. On assoyait les bébés sur de vieux chandails de laine et on les tirait sur les planchers à cirer.

P.-P.-S. D'après Odette, le moment tendre entre maman et papa, alors que Lise partait à l'hôpital de Québec avec grand-papa, serait une invention de mon imagination ou serait mal situé dans le temps. Quand Lise a fait sa péritonite, papa se trouvait selon elle sur un chantier hydroélectrique de la rivière Bersimis ou à Labrieville. Elle dit que maman lui a fait envoyer un télégramme très laconique dont elle pense se souvenir par cœur : *Lise malade. T'attendons.* Il est bien possible qu'elle ait raison. Ce serait grand-papa Fiset ou mon oncle Julien, et non papa, qui aurait transporté Lise dans l'auto. Et papa aurait embrassé maman tendrement quand il est arrivé à la maison quelques jours plus tard, après vingt heures passées en autobus depuis Forestville, en passant par Tadoussac et Québec, où il s'était arrêté pour prendre des nouvelles de Lise. Et c'est après l'avoir vue sur son lit d'hôpital qu'il nous aurait décrit notre sœur ayant un tube dans la bouche et un drain dans le ventre.

La lettre

« Je me souviens des pleurs d'un jour trop beau
dans trop d'effroi, dans trop d'effroi !... »

Saint-John Perse

Souvent, dans mes souvenirs d'enfance les plus graves, je suis seul avec ma mère. Comme s'il n'y avait personne d'autre au monde, que nous deux. Dans toute la maison, dans le jardin, sur la galerie, dans la cour.

En réalité, ça ne se peut pas. Nous ne pouvions pas être seuls. Pourtant, j'ai deux réminiscences assez lointaines, vagues et troublantes, où nous sommes seuls, elle et moi. Or, on était déjà neuf ou dix enfants à la maison. Et, dans les deux souvenirs que je veux narrer ici, je n'entends pas un son d'enfant, ni pleur, ni rire, ni le moindre babil.

Même si parfois mes tantes Aline, Odyle, Henriette ou Raymonde venaient chercher une partie de la marmaille de Simonne, elles ne pouvaient partir avec tous les enfants. Il y avait toujours un nourrisson, un bébé de quelques semaines, quelques mois, que ma mère devait garder avec elle. Et Lise, l'aînée, quittait rarement la maison. Elle aidait maman à s'occuper des petits et à faire du ménage. Pourtant, très précisément, dans ces deux événements que j'ai toujours gardés en mémoire, j'ai l'impression très nette que personne n'était là à part maman et moi.

Je me souviens des pleurs de ma mère. Je vois encore, comme si j'y étais, de grosses larmes couler sur ses joues. Elle est debout devant la commode de sa chambre dont j'ai écarté le rideau et où je suis entré sans qu'elle m'ait appelé.

Elle sait que je la vois pleurer. Je suis debout, tout près d'elle, navré. Et elle ne me dit pas de m'en aller. Elle écrit. Je la regarde et je sens monter en moi un désir de pleurer. C'est un jour très beau. Et il n'y a personne, dans cette histoire, que nous deux. Je suis au bord des larmes. Et en même temps heureux d'être seul avec elle, dans son intimité, dans sa peine, partageant avec elle ce moment terrible, inoubliable, heureux qu'elle ait fait de moi, en ne me chassant pas, un complice, qu'elle partage sa peine avec moi, elle, la femme de ma vie.

Peut-être que tout cela n'a duré que quelques minutes pendant lesquelles le plus petit bébé dormait et que Lise ou Odette s'occupait des deux ou trois autres, et que les plus vieux étaient dehors à jouer ou chez ma grand-mère ou chez cousine Simone (avec un seul N), notre voisine, la meilleure amie de maman.

Elle a plié la feuille sur laquelle elle avait écrit ce que je croyais savoir et sur laquelle étaient tombées ses larmes. « Va porter ça à Damase », m'a-t-elle dit.

Damase était le patron de la laiterie pour laquelle travaillait mon père. Celui-ci remplissait tous les matins le petit camion de la laiterie de caisses de pintes de lait qu'il allait distribuer à travers les villages avoisinants, aux gens qui n'avaient pas de vache. Et le samedi, parfois, il m'emmenait avec lui (ce qui, elle me le dira plus tard, rassurait ma mère). J'aimais bien le cliquetis des bouteilles dans leurs caisses de bois munies de compartiments de gros fil de fer. Mon père immobilisait la voiture devant une maison, il me donnait une ou deux pintes de lait que j'allais porter en courant sur la galerie, devant la porte. Je prenais les vides, je revenais en courant au camion. J'adorais mon travail.

De temps en temps, quand il avait fini sa *run*, mon père s'arrêtait dans une auberge, le Castel Vauquelin, à Neuville, et prenait une bière, parfois deux, puis il ne savait plus combien, il ne savait plus compter. Damase l'avait plusieurs fois averti. Il ne pouvait plus risquer que mon père abîme son camion. Un jour, mon père a bu quand même. Et ce jour-là, ma mère a écrit à Damase pour lui demander de laisser une dernière chance à son mari, lui rappelant qu'elle avait dix enfants et que son Jean-Louis était un bon gars…

Je me souviens de ce moment, de ce jour «trop beau dans trop d'effroi». Je courais, je cours, atterré, navré, pensant aux larmes que je voyais encore, que je vois toujours, rouler sur les joues de ma mère, je tiens dans ma main de garçon de neuf ans la lettre qu'elle a écrite à Damase. Elle est restée à la maison, seule, elle pleure peut-être encore, j'en suis sûr. Et je veux faire vite, rentrer à la maison, sécher ses pleurs. Je monte la grande côte de Donnacona, je cours dans la rue Notre-Dame, où il y a un trottoir et des étrangers, je passe devant l'hôtel de ville, la caserne des pompiers, la mercerie pour hommes et le bureau de poste, jusqu'à la maison de Damase. Et je frappe à la porte. Et je ne sais plus... J'ai remis la lettre à une dame, je crois.

Je ne saurais dire comment tout cela s'est terminé. Ni comment je suis rentré à la maison. Je sais seulement que, quelques semaines ou quelques mois plus tard, mon père partait travailler sur la Côte-Nord, sur un chantier hydroélectrique.

Un jour, un an ou deux auparavant, j'avais juré à ma mère, sur la galerie de chez Maurice Delisle, un dimanche après-midi d'été, très beau, trop beau, dans trop d'effroi, alors qu'elle attendait mon père « parti sur la go » et qu'elle était triste, je lui avais fait ce serment que, lorsque je serais grand, je lutterais contre la boisson (je ne croyais pas si bien dire) et je ferais la guerre à tous ceux qui en vendraient.

L'une de mes tantes avait dû venir chercher mes sœurs, Lise, Odette, Marie-Andrée, comme elles le faisaient parfois, pour alléger les tâches de ma mère. Nous étions donc seuls, elle et moi, son homme. Avec, j'imagine, les bébés, Jean-Pierre, Anne, Alain, qui devaient dormir ou qui étaient chez grand-maman eux aussi. Nous étions, elle et moi, sur la galerie, il faisait beau, trop beau, tristement beau. « Va jouer », disait-elle. C'est là que je lui ai fait ce serment que je n'ai pas tenu. J'avais alors beaucoup de ressentiment à l'égard de mon père. Parce que je voyais bien qu'il faisait de la peine à la femme de ma vie, la plus douce des femmes. Et je restais près d'elle, son preux et fidèle chevalier. J'étais pur, peut-être pas sans peur, mais certainement sans reproche.

L'HOMME DE LA MAISON

L'année après que nous avons emménagé dans la petite maison blanche, papa est parti travailler sur les chantiers hydroélectriques de la Côte-Nord, à Labrieville et à Bersimis. D'après moi, il y est resté trois ans. Il revenait de temps en temps nous voir, trois ou quatre fois par année. C'était chaque fois, il va sans dire, une fête.

Ma mère était seule avec huit, neuf, dix enfants. Mes tantes venaient souvent l'aider, Odyle surtout. Ma grand-mère aussi, quelquefois. Elles faisaient la lessive avec elle, préparaient des gallons de soupe aux légumes, des galettes et des gâteaux, elles nous emmenaient en pique-nique...

Un jour, alors qu'il allait repartir pour la Côte-Nord, papa m'a pris à part, pour me confier que j'étais désormais l'homme de la maison. Je ne saurais dire aujourd'hui si j'étais content ou pas, fier ou inquiet. Je n'ai jamais vraiment aimé qu'on me donne des responsabilités. Je n'ai jamais eu de plaisir à en prendre. Les responsabilités, à mon avis, briment la liberté. Être, à neuf ans, l'homme de la maison n'était certainement pas mon rêve. Mais je n'ai pas oublié ce moment avec mon père.

Ce fut très bref. Après des recommandations générales, être sage, ne pas me chicaner avec mes sœurs, ne pas battre mes petits frères, il m'a rappelé les diverses tâches qui m'incombaient.

D'abord, je devais pelleter l'entrée et le sentier qui menait à la route nationale. Je devais aussi rentrer le bois de chauffage. Il était cordé près de la maison, sans abri, de sorte que l'hiver, quand tout gelait après un redoux, je devais à coups de hache extirper les bûches une à une de leur gangue de glace. Elles dégelaient dans la maison, laissant par terre de grandes mares d'eau qu'on devait éponger.

L'autre tâche était d'aller chercher le lait chez cousin Émile, qui nous le vendait, si ma mémoire est bonne, 11 cents la pinte. C'était sur le cap, de l'autre côté de la route nationale. Je partais avec à la main une canisse vide d'un gallon, quatre pintes. L'hiver, je faisais le trajet à la grande noirceur, parce que cousin Émile et ses garçons devaient avoir fait le train. Il me fallait aller derrière leur maison, c'était tout noir. De sinistres peupliers défeuillés se dressaient le long du chemin. Je longeais le hangar chaulé et le poulailler silencieux à cette heure, j'entrais dans l'étable, dont la porte grinçait méchamment, je devais passer derrière le bœuf, trouver le poteau sur lequel était fixé le commutateur, faire de la lumière (jaune paille) puis entrer dans la laiterie, poser la canisse vide sur le rebord de la citerne, lever la trappe, tirer de l'eau glacée, noire et profonde une canisse pleine et rentrer à la maison. J'avais une peur bleue. Du bœuf. Mais aussi de mille fantômes, mille morts et mille monstres qui habitaient là, que j'entendais remuer dans le fenil, dans les auges des vaches, des chevaux et du bœuf. Je m'arrangeais chaque fois que possible pour qu'Odette m'accompagne. Mais elle ne devait d'aucune manière savoir que j'avais peur. Personne, à part moi, ne pouvait savoir que j'avais peur. Odette était sportive, elle aimait l'action et aller dehors et acceptait souvent de monter sur le cap avec moi. Et alors j'étais brave comme tout.

Un jour, honte à moi, je lui ai demandé, juste avant de partir, combien de pas selon elle il y avait depuis la maison, chez nous, jusqu'à l'étable. Elle était mon souffre-douleur. Elle avait près de deux ans de moins que moi, parce que (nous l'avons su plus tard), entre nous deux, maman avait fait une fausse couche. Au moment du fait (pas très flatteur pour moi) que je vais relater ici, Odette avait donc six ans. Et moi, huit. Quand elle me donnait une réponse fautive aux questions vicieuses que je lui posais, je la brutalisais, je la couvrais de bêtises, parfois de coups. Le plus souvent en lui tirant les cheveux ou en la secouant comme un prunier. Cette fois, j'étais sûr de lui avoir posé une bonne colle qui me donnerait le légitime plaisir de lui administrer une volée.

Or, après avoir réfléchi un court moment, elle m'a répondu : trois cents. Je suis resté interdit. Ça me semblait plein de bon sens. Mais je n'étais pas sûr. Je me suis dit que si elle se trompait de beaucoup, de plus de cent pas par exemple, je pourrais toujours lui tirer les cheveux ou lui faire une prise de tête en rentrant à la maison. Nous avons minutieusement compté tous nos pas à voix haute, ceux qui nous ont menés sur le cap, ceux qui nous ont fait suivre le chemin de terre jusqu'à la porte de l'étable. Il y avait, elle ne s'en souvient pas, mais moi si, il y avait deux cent quatre-vingt-dix-huit ou trois cent deux pas ou quelque chose comme ça, très, très proche de trois cents, de sorte que, si nous avions allongé ou raccourci chacun de nos pas de quelques millimètres, elle serait tombée pile. Respect, chère Odette !

P.-S. Je n'ai pas eu longtemps à rentrer du bois de chauffage : on s'est convertis à l'huile. Je n'avais plus qu'à en remplir la grosse bouteille de verre et la placer à l'envers sur son socle derrière le poêle, qui prenait beaucoup moins de place que son prédécesseur. Il était magnifique, tout blanc, avec dans la porte du four un cadran rond rouge. Nous étions debout devant lui un matin, plusieurs, en pyjama, à le regarder, à l'admirer. Et quelqu'un, je ne sais plus qui (et lui ou elle non plus), a dit qu'il ressemblait à un lapin.

En passant du bois à l'huile, nous avons perdu certaines habitudes alimentaires. Nous gardons la nostalgie des toasts aplaties au fer à repasser sur les ronds du poêle à bois. Et de celles, préalablement couvertes de graisse (animale, il va sans dire) et de cassonade, qu'on déposait simplement sur la plaque chaude, sans les aplatir.

Et personne pour nous casser les oreilles en nous disant que, même si c'était exquis de saveur et d'odeur, ce n'était pas bon pour la santé.

Petit poisson

Notre village était un douillet cocon, mais notre mère, qui n'en était pas souvent sortie, avait développé une grande curiosité, une fascination très nette pour l'ailleurs. Elle était infiniment plus curieuse des choses du monde que notre père. Comme beaucoup de femmes de sa génération, elle a refait la première année de la petite école avec chacun de ses enfants, soit quinze fois, en comptant la sienne; et autant de fois la deuxième et la troisième, etc. Elle était ainsi infiniment mieux informée que son mari. Comme toutes les ménagères, pendant qu'elle préparait les repas, qu'elle faisait la vaisselle, la lessive et le ménage, elle écoutait la radio.

Elle aimait beaucoup un animateur de CKVC Québec, 1280 au cadran de la radio, Saint-Georges Côté, qu'on avait justement surnommé le « Prince des Annonceurs ». C'était toujours lui qu'elle écoutait quand on venait dîner le midi. On a appris un jour qu'une station de radio de Montréal lui avait offert un micro. Il y a eu un moment de stupeur et de suspense dans toute la région. Ira? Ira pas? Saint-Georges Côté a finalement refusé, arguant qu'il aimait mieux «être un gros poisson dans une petite rivière qu'un petit poisson dans une grande rivière». Ma mère avait approuvé cette décision avec fierté. C'est même elle qui m'a répété ces paroles mot à mot. Elle semblait heureuse que ce grand animateur ait choisi de rester avec nous, chez nous, dans notre petite rivière.

Aujourd'hui, je m'interroge. Je ne suis plus sûr du tout de la valeur, de la pertinence ou de la sagesse de la décision qu'il avait prise. Ça manquait sérieusement d'audace. Ça donnait raison aux adages courants du genre : «Né pour un petit pain.» C'est l'une des très rares fois que ma mère, à ma connaissance, a favorisé cette attitude. Même si elle aimait nous avoir près d'elle et qu'elle adorait jouer avec nous (ou nous regarder jouer) quand elle avait un peu de temps, elle nous a constamment encouragés à sortir du cocon, à aller voir au bout des champs… à condition bien évidemment de ne déranger personne. Quand nous vivions aux Écureuils, il n'y avait nulle part de danger, nul interdit. Je pouvais partir avec mes amis faire le tour du Bois-de-l'Ail en vélo ou, quand la marée était haute, passer des après-midi entiers à me jeter et me rejeter en bas du quai du village. Si elle était inquiète, je ne l'ai jamais senti, de sorte que je n'avais jamais l'impression de courir quelque danger.

Plus tard, lorsque nous avons déménagé à Montréal, la grande ville fascinante, brutale et hostile, maman n'était plus si confiante. Elle cherchait alors à garder ses enfants plus près d'elle, à savoir où nous allions, d'où nous venions, les filles surtout, qui devaient toujours rentrer plus tôt que moi et toujours dire où elles allaient et avec qui. Moi, j'étais déjà un grand garçon de treize ans, entraîné à la liberté. Maman me laissait voyager en faisant du pouce entre Montréal et Québec. Elle me laissait aller seul ou avec Odette ou Jean-Pierre me baigner dans la rivière des Prairies. Ou partir à vélo, tout seul, errer dans l'île.

J'étais un petit poisson heureux dans une belle grande rivière.

Jésus, Océola et Boom Boom

Mes premières idoles ont été les saints dont les visages compassés ornaient les murs de l'église des Écureuils. Il y avait surtout saint Jean-Baptiste, dont j'admirais et enviais la formidable musculature, et saint Antoine de Padoue, qui posait sur une route de campagne en compagnie d'un petit mouton. Le décor me faisait rêver : un ciel d'un bleu profond et, derrière lui, un ruisseau qui descendait des flancs verdoyants d'une montagne. Quelques oiseaux aussi.

Un dimanche, après la messe, j'avais huit ou neuf ans peut-être, ma mère m'a emmené à la bibliothèque du village. Ce n'était pas un immeuble, mais un gros meuble bancal, en bois de chêne ou d'érable, écrasé dans un coin du sous-sol de l'église. Une odeur de poussière, de foin séché et de feuilles mortes s'est répandue dans la pièce quand maman a écarté les portes vitrées. J'espérais trouver des histoires de guerres indiennes et de cow-boys. Or, il n'y avait, dans la bibliothèque de notre village, que des vies de saintes et de saints, de gros livres écrits en petits caractères, et sans la moindre illustration.

J'ai quand même entrepris de lire la vie du très austère Ignace de Loyola, dont j'ai retenu bien peu de choses. J'ai assez aimé la vie de François d'Assise, qui parlait aux animaux, qui avait même réussi à apprivoiser un loup et qui vivait dehors la plupart du temps parce que, comme moi, il aimait la nature presque autant que Dieu. Mon saint préféré cependant était François Xavier, qui parcourait le monde inlassablement. Il avait été dans sa jeunesse un ami d'Ignace de Loyola, mais il me semblait plus liant, plus actif, plus aventureux que lui. Je l'ai donc accompagné jusqu'à Goa, sur la mer d'Arabie, puis sur la côte de Coromandel et jusqu'aux Moluques, aux Philippines, à Macao et au Japon. J'ai évangélisé avec lui des milliers de personnes. Je suivais nos aventures sur la carte du monde punaisée au mur de la cuisine d'été de ma grand-mère. C'était l'hiver chez nous, mais je passais le plus clair de mon temps dans les pays chauds avec François Xavier. Nous étions souvent en mer sur de grands bateaux à voile. Nous voyagions à cheval aussi, et à pied pendant des semaines, des mois, parfois même à dos de chameau. J'ai adoré cette vie de missionnaire, que je brûlais de mener un jour.

J'avais alors déjà en moi ce projet, qui me semblait tout à fait réaliste, de devenir un saint, projet qu'il m'arrive encore de caresser et qui m'est d'autant plus cher qu'il est aujourd'hui vraiment difficile à réaliser. Réussir cette prouesse me vaudrait la vie et la gloire éternelles. Ce serait en effet extraordinaire que le vieux pécheur endurci que je suis devienne un modèle de vertu, capable d'endurer dans la joie les plus grandes souffrances et de faire partout et tout le temps le bien, de changer le monde en mieux. Mais plus j'y pense, plus je me dis que mes intentions n'étaient pas vraiment pures. Elles étaient même plutôt bassement triviales. Je voulais simplement accéder à la gloire des saints. Ils étaient mes seuls héros. Quand, à l'église, je voyais Marie-Ange Lamothe, Denise Fiset ou Lorraine Beaudry, les trois plus belles femmes du monde, se recueillir et prier avec ferveur, je m'imaginais dans la peau d'un saint, elles me priant, m'admirant.

Puis, sans que je m'en rende compte, un intrus s'est faufilé dans ce chœur jusque-là très homogène. Je lisais, dans *L'Action catholique*, le seul journal qui entrait chez mes parents et mes grands-parents, pour qui *Le Soleil* était par trop profane, les aventures du Fantôme, «l'esprit qui marche». C'était un justicier, défenseur de la veuve et de l'orphelin, pourfendeur de tous les mécréants. Il était, quand j'y pense aujourd'hui, une sorte de saint, lui aussi, pratiquement aussi fréquentable que mes amis Jean-Baptiste et Antoine. Même combat, en fait : faire régner la justice et la paix, la loi et l'ordre. Il portait un costume moulant et un masque, une sorte de loup qui lui couvrait les yeux. Et, à la main droite, une bague qui agissait comme un poinçon quand il frappait le front ou le menton de ses ennemis, où il laissait une marque bien nette en forme de crâne. Son pays était le Bengala, où il y avait des jungles très profondes, des volcans cracheurs de feu, un fleuve géant aux eaux grouillantes de crocodiles et de serpents, un grand port de mer que fréquentaient les plus méchants hommes du monde. Le Fantôme déjouait tous leurs plans. Il défendait les opprimés. Pour rien. Et anonymement. Quand tout était fini, il disparaissait. Il est devenu mon idole et mon modèle à l'égal de mes saints préférés. Mes cousins Ti-Marc et Ti-Pierre, Clément Brière, Ti-Jude Trépanier, la plupart des gars de ma classe lisaient eux aussi les aventures du Fantôme, et nous parlions de lui en marchant à l'école ou à la messe, ou en allant chercher les vaches à l'heure du train. Puis un jour où il pleuvait à boire debout, pour me désennuyer, grand-maman Fiset m'a proposé un gros album des aventures d'un certain Tarzan, qui appartenait à mon oncle Gaston. En couleur. Avec encore de la jungle, des lions, des singes… et toujours des méchants que nous combattions et écrasions, faisant partout régner la justice. Tarzan, comme le Fantôme, n'était donc pas du tout mal à l'aise en compagnie des saints. Il était beaucoup comme eux. Océola également, que j'ai connu dans un livre éponyme que ma mère avait reçu en prix en sixième année et que ma grand-mère Fiset a retrouvé un jour dans son grenier.

Ce fut le premier vrai livre profane que j'ai aimé, que j'ai lu et relu, de la première à la dernière page. Plus encore que *La Bible d'une grand-mère*. La première fois, nous venions d'emménager dans la petite maison blanche, toute neuve, près de laquelle passait un ruisseau qui allait se jeter dans le fleuve. J'étais émerveillé. Je découvrais l'univers magique de la lecture. Et j'entrais dans une histoire géniale, pleine de fureur, traversée par des hommes armés montés sur des chevaux sauvages et infatigables. Il y avait une princesse indienne aussi, très belle, des esclaves dévoués et fidèles, des caïmans géants qui mangeaient du monde, des bandits féroces et sans cœur, et des paysages très peu semblables à ceux dans lesquels je vivais, mais qui me semblaient tout aussi beaux, et que je rêvais de connaître un jour.

Océola, le héros de ce livre, était le grand chef des Indiens séminoles, qui habitaient les terres fertiles du nord de la Floride sur lesquelles, au début du XIXe siècle, les planteurs américains avaient jeté leur dévolu. Sans jamais les avoir consultés, le gouvernement avait même décidé de déménager mes amis séminoles au fin fond de l'Oklahoma. Certains d'entre eux avaient lâchement accepté leur sort. D'autres avaient manifesté haut et fort leur intention de ne pas partir. L'hiver, dans les arides prairies de l'Ouest, était trop froid à leur goût ; même au fond des vallées les plus humides les terres étaient incultes ; et les gens, partout hostiles. De plus, ils aimaient tendrement leur Floride natale. Menés par leur jeune chef, Océola, ils avaient décidé de prendre les armes et d'affronter la terrible armée américaine. Quoi de plus beau que de donner sa vie pour défendre son pays ?

L'histoire était racontée par un jeune officier, fils d'un riche planteur établi dans le nord-ouest de la Floride où, quand il était tout jeune, il s'était lié d'amitié avec Océola et sa famille. Et voilà que, vingt ans plus tard, ils se trouvaient en guerre l'un contre l'autre. Avec moi à leurs côtés, car j'étais devenu héros en même temps que lecteur. Quand on lit, à cet âge, on entre corps et âme dans l'histoire. Je m'étais donc identifié au héros narrateur du livre, qui, comme moi, se prénommait Georges. J'étais ainsi l'ami d'Océola. Et j'avais un œil sur sa sœur, la farouche princesse Maümée.

J'avais adoré voyager en compagnie de saint François Xavier, me battre contre les méchants aux côtés de Tarzan et du Fantôme, mais aucune aventure ne m'avait transporté comme celles que j'ai connues dans la Floride des Séminoles. Aucun paysage, pas même les luxuriantes forêts du Komodo, ni les plages blondes de Bali ou de la mer de Corail, ni le désert de Gobi, n'égalait à mes yeux les bois, les marécages et les étangs de la Floride. De temps en temps, je relisais des bouts du beau gros livre à couverture rouge. Je revivais la chevauchée de nuit que nous avions menée à la recherche d'une bande d'Indiens qui avaient dévasté notre campement; ou l'interminable traque dont nous avions bien failli ne jamais revenir quand, affamés, fatigués, nous nous sommes enfoncés dans le bois à la queue leu leu, comme un serpent géant, dont notre troupe inquiète et silencieuse imitait les ondulations en suivant les sinuosités du sentier. Et nous étions dans notre droit, nous nous battions contre des méchants. Nous étions donc toujours en mode sainteté…

Et puis le hockey est entré dans ma vie, où il a fait un court, mémorable et très intense séjour. Il m'a donné mes premières idoles réellement profanes, des hommes qui ne se battaient pas pour que règnent la justice et le droit, mais qui se faisaient quand même courageusement la guerre.

Les plus spectaculaires et les plus impérissables images que j'ai d'un match de hockey, je les ai moi-même construites, à l'âge de sept ou huit ans, avec la complicité de ma sœur Lise et l'aide de Michel Normandin, le commentateur de radio dont l'élocution et les intonations, que nous tentions d'imiter, nous faisaient beaucoup rire. Nos oncles et notre père (quand il n'était pas parti sur les chantiers hydroélectriques de la Côte-Nord) écoutaient le match du samedi soir à la radio en buvant de la bière et en fumant des rouleuses. La pièce où ils se trouvaient était remplie de fumée. Par mimétisme, leurs garçons et certaines de leurs filles se passionnaient également pour le sport national et ses héros.

Je ne sais pas si Lise aimait vraiment le hockey. Mais nous étions à cette époque inséparables. Nous faisions ensemble nos devoirs et nos leçons d'école, l'essuyage de la vaisselle du souper (elle surtout, j'avoue), des promenades chez nos grands-parents. Nous nous chicanions parfois avec notre sœur Odette, avec notre voisine Yvonne Delisle, notre voisine Monique Gagnon, mais très rarement entre nous… Et le samedi soir, après avoir fait notre toilette hebdomadaire (ma mère versait de l'eau chaude dans le lavabo de la salle de bain, et on se lavait à tour de rôle à la mitaine), bien propres dans nos pyjamas tout frais, nous nous allongions sur le comptoir de la cuisine, nos têtes de chaque côté du poste de radio qui se trouvait dans le coin. Et nous écoutions le match de hockey qui se disputait au Forum de Montréal. Nous le regardions, en fait.

Je n'avais jamais vu un match de hockey, mais grâce à la radio les joueurs des Canadiens de Montréal sont entrés dans ma vie et y ont pris beaucoup de place. Maurice Richard, Boom Boom Geoffrion, Butch Bouchard, Elmer Lach, Toe Blake, Tom Johnson, Doug Harvey, Gerry McNeil... Nous connaissions leurs visages par les cartes de hockey qui fleuraient bon la cerise, la fraise ou le melon, parfums que portaient les tuiles de gomme rose à une ou deux cennes en compagnie desquelles elles étaient emballées. Gingras, Marcoux, Laliberté, Vadeboncœur, Trépanier pouvaient s'en acheter des paquets. Moi, pas. Je ne crois pas en avoir acheté une seule fois. Je n'en avais pas les moyens. Et ça ne me peinait pas. Je n'avais vraiment pas une âme de collectionneur. Des gars me donnaient parfois des cartes qu'ils avaient en plusieurs exemplaires, les plus communes évidemment, cartes des plombiers de la Ligue nationale dont j'ai oublié les noms, des joueurs des équipes de Boston ou de Chicago ou des très haïssables Red Wings de Détroit. Mais je ne pouvais, avec ces pauvres bougres de peu de valeur, faire des échanges intéressants. Je ne maîtrisais pas l'éthique du troc et du commerce. Je n'ai donc jamais eu de Maurice Richard, ni de Butch Bouchard, ni de Bernard Geoffrion, les plus recherchées de nos idoles.

Par contre, j'ai eu en ma possession, je ne sais comment, une carte de mon cher Gerry McNeil, le gardien de but des Canadiens. Je le trouvais fort beau, il avait une tête que je souhaitais avoir quand je serais grand, très viril, avec un sourire dévastateur. Contrairement à beaucoup de joueurs dont on ne voyait que la tête sur ces cartes parfumées, il était représenté de pied en cap, en pleine action, un bras levé, recevant la rondelle dans son gant. Un héros flamboyant. J'aurais bien aimé être brave comme lui et affronter les pires dangers.

J'ai eu ma chance. Comme je n'avais pas de patins, quelqu'un du voisinage a eu l'idée de m'utiliser comme gardien de but. On a tenté de me fabriquer des jambières en bois, deux longues et minces planchettes couvrant les tibias, deux plus courtes et plus larges pour les cuisses, reliées par des pentures. Nous avons travaillé fébrilement et inutilement… Quand je pliais les genoux, les planches glissaient sur mes jambes. On les a solidement assujetties avec du ruban et de la corde. Mais alors je ne pouvais plus plier les genoux. On m'a fait des jambières avec des poches de patates et de la corde… En fait, je ne sais plus aujourd'hui si tout cela s'est passé ainsi ou si on y a seulement pensé, Ti-Marc, Savard et moi. De toute façon, ma carrière de gardien de but n'a pas duré bien longtemps.

J'ai finalement eu des patins, à deux lames. C'était un attelage de cuir assez compliqué qu'on fixait aux bottes. Ça ne tenait jamais. Je m'étais entraîné discrètement sur une petite mare gelée à côté de la maison. Personne ne pouvait me voir, que maman. Quand je suis rentré, après des essais fort peu encourageants, elle m'a fait un sourire impuissant qui m'a consolé ; on ne pouvait faire plus, ni elle ni moi.

Puis on m'a donné (je ne sais qui) des patins usagés, un peu trop grands pour moi. Je patinais sur la bottine, exclusivement. Quelques garçons du voisinage étaient déjà solides sur leurs patins et fort habiles à manier la rondelle. On se retrouvait soit sur le ruisseau à Marcoux, soit sur une vraie patinoire au village. Quand nous formions des équipes, on me prenait en dernier. Je n'étais cependant pas trop humilié. Je pouvais toujours tenir mes mauvais patins responsables de ma piètre performance. Et personne ne me tenait rigueur de mes faiblesses. Mais je n'avais pas beaucoup de plaisir. Je préférais le hockey que je voyais à la radio.

Cette année-là, donc, les Canadiens affrontaient en finale de la coupe Stanley les Red Wings de Détroit. J'étais devenu expert en construction d'images à partir des commentaires de Michel Normandin. Je revois ce match encore aujourd'hui, avec une parfaite netteté.

Ma mère nous avait laissés veiller, Lise et moi. On espérait, tous les trois, voir triompher les Canadiens de Montréal, pour qui j'avais prié avec beaucoup de ferveur le matin même à la messe de sept heures. On allait en effet disputer le septième et dernier match de la série, les deux équipes étant à égalité. Nous avions remporté trois matchs; ils en avaient volé trois. Quand les petits ont été endormis, maman est venue s'asseoir près de nous, devant la table de la cuisine, avec probablement du raccommodage ou du reprisage à faire. Lise et moi étions comme d'habitude allongés sur le comptoir, nos têtes tout près de la radio, un petit appareil de plastique brun dont nous devions souvent ajuster le son. Tous les murs de cette maison étaient faits de «Donnacona board», un aggloméré mou et poreux, qui donnait à notre environnement quelque chose de douillet, de fragile et de mat, une scène que l'unique ampoule électrique, qui pendait du plafond, teintait en jaune. On était bien. Le poêle à bois ronronnait doucement.

Ce fut le match le plus enlevant auquel j'ai assisté de toute ma vie. On s'est retrouvés en prolongation, en supplémentaire, comme on disait alors. C'était 3 à 3.

Quand le match a repris, je me sentais très sûr de nous. J'avais invoqué Jésus lui-même et le contact avait été fort bon. Soudain, ce fut la catastrophe. Je vois encore Alex Delvecchio, ce salaud de la pire espèce, ce tricheur, ce protestant, lancer la rondelle par-dessus l'épaule gauche de Gerry McNeil. Je me souviens exactement des mots de Michel Normandin, «par-dessus l'épaule gauche de McNeil». J'étais navré, brisé. Les Canadiens, les meilleurs joueurs de hockey de l'univers, venaient de perdre la coupe Stanley aux mains de ces mécréants de Détroit. Lise était atterrée, elle aussi. Mais moins que moi. Je pense même, c'était tout à fait son genre, que comme maman elle s'apitoyait plus sur ma peine que sur mes pauvres Canadiens.

Je suis allé me coucher (je partageais alors mon lit avec mon frère Jean-Pierre). Ai-je pleuré? Peut-être. Il y avait de quoi. Quelques minutes plus tard, maman est venue, comme tous les soirs, mettre un peu d'ordre dans la chambre, où dormaient également Alain et Jean-Jacques, trois et deux ans. Elle s'est assise sur le bord du lit et m'a dit tout bas, en passant doucement sa main sur mon front et sur ma tête: «Tu sais, mon garçon, y a pas vraiment de différence entre les Canadiens et les Détroit. C'est juste une question de chance. On est aussi bons qu'eux autres.»

Oui, mais moi, je voulais qu'on soit meilleurs, pas aussi bons, meilleurs, les meilleurs au monde. Et champions. Quitte à devoir notre victoire à la chance. Et que la coupe Stanley soit à nous. Nous la méritions.

Le lendemain matin, je suis retourné à la messe de sept heures. J'y allais souvent, parce que j'aimais le chemin qui m'y menait, le long duquel je retrouvais des garçons et des filles de mon âge. Nous formions des petits groupes joyeux. Et j'adorais notre église. Des artistes italiens étaient venus la décorer avec des ors, des festons, des vitraux. Ils avaient rafraîchi et restauré les images du saint patron Jean-Baptiste avec son agneau, de saint Antoine de Padoue, de Marguerite Bourgeoys. J'aimais l'atmosphère du lieu, les parfums d'encens lourds et sacrés, la lumière si doucement et glorieusement colorée...

Ce matin-là cependant, j'avais, en me rendant à la messe, un but précis. J'allais prier mon Dieu, que j'avais toujours respecté et honoré, de faire en sorte que les arbitres du match de la veille se ravisent et qu'ils déclarent qu'une irrégularité avait été commise dans le but de Delvecchio. Il y aurait un lancer de punition, et un Canadien (j'aurais le choix du joueur) déjouerait Terry Sawchuck qui était, personne n'en doutait, un bien moins bon gardien de but que Gerry McNeil, le génial et si beau cerbère des Canadiens.

Je savais que je ne serais pas exaucé. Ma prière était injustifiée. Ma mère m'avait dit: «Tu sais, à

Détroit, il doit y avoir des petits garçons de ton âge qui sont bien contents que leur club ait gagné. » Je les détestais passionnément, ces petits garçons de Détroit qui n'avaient rien fait pour que leur club gagne. Et qui n'étaient pas catholiques et qui croupiraient dans les limbes ou iraient même en enfer.

Effectivement, ma prière n'a pas été entendue. J'ai perdu dès lors beaucoup d'intérêt pour le hockey. Et ma piété peu à peu s'est émoussée.

Au collège, où je suis entré deux ans plus tard, j'ai quand même abondamment joué au hockey. À l'aile droite. Sans grand talent, je dois dire, mais avec certains jours énormément de plaisir. Forcément ! La patinoire occupait presque toute la cour. Pas de promenade possible. Et, à force de patiner, on finit par y prendre goût.

Quand la glace était belle, nous chaussions nos patins six ou sept fois par jour, avant la messe, après le déjeuner, pendant la récréation d'une demi-heure qui précédait l'étude de onze heures, pendant celle qui suivait le dîner, pendant la grande récréation de quinze heures trente et celle qui suivait le souper ; parfois même, avec une permission spéciale, nous faisions une petite sortie après le salut du saint sacrement. Nous ne chaussions nos bottes que lorsqu'il avait neigé et qu'il fallait déblayer et arroser la patinoire.

Nous ne regardions pratiquement jamais la télé. Nous n'écoutions jamais la radio. Maurice Richard, Boom Boom Geoffrion et Butch Bouchard étaient des héros d'un autre monde qui ont peu à peu quitté ma vie pour faire place à des hommes comme César, Scipion, Caton, de sympathiques mécréants dont le professeur de latin, le père Gentil, nous racontait les vies trépidantes. Et à Biggles, un preux aviateur de la Royal Air Force. Grâce à Walter Scott, j'ai connu Robin des Bois, Ivanhoé, le roi Arthur. J'ai fait de nombreux voyages avec Jules Verne et vécu de palpitantes aventures en compagnie de Robert Louis Stevenson. Le dernier des Mohicans, Chingachgook et Œil-de-Faucon de Fenimore Cooper sont devenus mes amis. Et l'île perdue où Daniel Defoe avait fait s'échouer Robinson Crusoé n'avait pas de secret pour moi. Je voyais parfaitement le décor, aussi nettement que ceux de l'Angleterre du XIIe siècle ou du monde algonquien du XVIIIe. Je viens d'un monde où l'on a appris à créer ses propres images.

En versification, quatrième année du cours classique, sans prévenir, sans déranger personne, j'ai accroché définitivement mes patins. Pour m'intéresser à Rimbaud, Cendrars, Apollinaire et compagnie. J'avais quinze ans, et, pendant plus d'un quart de siècle, je ne me suis plus jamais intéressé à notre sport national, sauf quand je passais faire un tour chez mes parents et qu'il y avait du hockey à la télé. Mes frères, qui vivaient encore à la maison et jouaient beaucoup et très bien au hockey, Martin surtout, mais aussi Alain et Serge, étaient rivés au petit écran où ils suivaient religieusement le match dont René Lecavalier leur décrivait les péripéties. Je m'assoyais avec eux, mon père m'offrait une bière, je regardais évoluer des équipes inconnues. Je ne comprenais à peu près rien aux enjeux qui se jouaient à l'écran. Mais j'étais bien, entouré de ces tout jeunes hommes dont j'étais le grand frère. Quelques-unes de mes sœurs étaient là parfois. Et ma mère. Mon père, dont on disait qu'il était son petit dernier, semblait incapable de regarder le hockey tout seul. Je l'entends crier : « Simonne, dépêche, ça commence. » Et ma mère, que le hockey n'intéressait pas beaucoup, venait s'asseoir près de lui avec un livre ou quelque travail d'aiguille et suivait distraitement le match. Mais elle aimait être témoin du plaisir de mes frères et de mon père. Comme elle aimait suivre nos discussions, partager nos fous rires et l'exaltation de ses hommes quand les Canadiens gagnaient.

Quand je vois une nichée d'oisillons ou une portée de petits cochons lovés contre leur mère, il m'arrive de penser à la famille que nous formions dans ces moments, doux cocon, chaud paquet, agglutinés devant la télé, papa, maman et les plus vieux assis côte à côte sur le divan ou occupant un fauteuil à trois, voire à quatre. Les autres assis ou couchés par terre. Par moments, j'en suis sûr, nous n'avions qu'une seule et même âme, le même sang dans nos veines, le même air enfumé dans nos poumons. Et si quelqu'un pétait, personne ne pouvait s'en plaindre à haute voix, parce que papa disait chaque fois, immanquablement : « C'est la poule qui chante qui a pondu. »

Je partais d'habitude avant la fin du match. Parce que je n'y comprenais plus rien et que je me sentais l'obligation de laisser voir à mes frères qu'il y avait autre chose dans la vie que le hockey. La Ligue nationale était devenue une énorme entreprise de douze, puis de vingt, de trente équipes, peut-être même plus. J'étais devenu, moi, un inculte du hockey. Ce fut ma chance.

En 1989, j'apprenais que l'éditeur d'Art Global, Ara Kermoyan, cherchait un auteur qui idéalement ne connaissait pas bien le monde du hockey pour écrire une biographie de Guy Lafleur. Je l'ai contacté. Ara était arménien, un Byzantin, attachant et compliqué… On m'avait dit qu'il avait pensé à moi pour écrire ce livre. Au téléphone :

Moi – Vous me cherchez ?

Lui – Non, pas du tout.

C'était tout lui. Il fallait que je fasse moi-même la demande solennelle. Dans les formes. J'ai donc manifesté mon intérêt, parlé de mon expérience de journaliste et de ma méconnaissance du hockey. Il a hésité ou fait semblant. Il m'a dit finalement que, si je voulais faire ce livre, je devrais travailler avec le patron de Libre Expression, auquel il était associé dans cette aventure, André Bastien, Montréalais d'origine, Florentin d'esprit, tout aussi compliqué que lui, mais autrement. Il deviendrait mon irremplaçable premier lecteur, l'œil de faucon qui repère, dans les textes que je lui remets, les redites, les niaiseries, les manques, les faiblesses, et qui est capable de me les désigner sans que je sois blessé ou indigné. Parce qu'il voit aussi les prouesses, les beautés que produisent ses auteurs, parce qu'il entend la musique qu'ils font…

Guy Lafleur, l'ombre et la lumière (une trouvaille d'Ara) fut un énorme succès. Et mon dernier contact avec le hockey, un monde qui ne m'intéresse plus du tout. Certaines années, je ne peux nommer un seul joueur des Canadiens. Et je ne connais rien de plus ennuyeux qu'un match de hockey à la télévision. Je garde cependant la nostalgie du temps où on pouvait, ma sœur Lise, notre mère et moi, le regarder à la radio. Et je me demande comment on peut acquérir aujourd'hui cette faculté que tout le monde possédait à l'époque de créer ses propres images à partir d'un commentaire ou d'un récit.

En lisant les aventures de saint François Xavier ou d'Océola, le grand chef des Séminoles, je voyais littéralement les paysages dans lesquels ils évoluaient, je recréais les décors, je composais les traits des visages de leurs amis, de leurs ennemis. Je me demande si la chose est possible pour les jeunes aujourd'hui. Ils ne peuvent sans doute plus fantasmer et réaliser chacun pour soi des scènes d'ébats amoureux, par exemple, la porno ayant pris toute la place, toute la vue. Au collège, en lisant les croustillants passages de *L'Amant de Lady Chatterley*, de D. H. Lawrence, ou de *Tropique du Cancer*, de Henry Miller, chacun donnait vie, visage et corps à l'audacieuse lady et aux lubriques filles des rues de Paris. L'amour, comme le hockey, a été robotisé. L'imagination, cette capacité de concevoir ses propres images et de fabriquer des faux, serait-elle en train de mourir ou de passer de mode ?

P.-S. Jean-Pierre me raconte qu'ils ont plus tard écouté le hockey, Marie-Andrée et lui, comme nous l'avions fait, Lise et moi. Ils se couchaient eux aussi sur la *pantray*, de part et d'autre de l'appareil. Ils écoutaient les images que commentaient Michel Normandin ou René Lecavalier. Certains soirs, se souvient-il, tout ça était déclaré hors-jeu. On descendait de la *pantray*, on se mettait tous à genoux pour le chapelet en famille.

C'était à sept heures. J'entends encore le jingle d'introduction chanté par une voix aérienne de ténor : « Étoile du matin, reine du saint rosaire… » Puis nous parvenait, depuis la cathédrale Marie-Reine-des-Cœurs de Montréal, la voix trop douce, trop suave, susurrante, de Mgr Paul-Émile Léger… « Vierge sainte, donnez-nous la grâce… » avec des roulements de R qui nous agaçaient suprêmement. Mais, en tout respect, nous récitions avec lui le *Je crois en Dieu* et les cinq dizaines de *Je vous salue Marie* du chapelet. À genoux, dans la cuisine. Avec, les jours de grande ferveur, la dernière dizaine les bras en croix. C'était interminable. Et après, nous faisions des prières, des invocations. Et nous récitions les actes. D'adoration, d'humilité, d'espérance… et de contrition, bien sûr. « Mon Dieu, j'ai un très grand regret de Vous avoir offensé, parce que Vous êtes infiniment bon, infiniment aimable et que le péché Vous déplaît. Je prends la ferme résolution avec le secours de Votre sainte grâce de ne plus Vous offenser et de faire pénitence. » J'ai retrouvé ces paroles, longtemps retenues par cœur, sur Internet. C'est le vieil acte de contrition. On nous en propose aujourd'hui une autre version, de même contenu, mais dans laquelle on tutoie Dieu. Nous, on le vouvoyait, comme on vouvoyait papa, maman, oncles et tantes, tous les adultes.

P.-P.-S. Odette et Alain me rappellent qu'au mois de mai, le mois de Marie, nous allions réciter le chapelet et chanter de jolies choses au pied de la croix de chemin qui se trouvait tout près de chez nous et où nous retrouvions au crépuscule, juste après le souper, beau temps, mauvais temps, tous les enfants et presque toutes les mamans du voisinage. C'étaient de merveilleux moments de grande et très douce paix. Nous voyions, de jour en jour, le printemps changer le paysage. Nous entendions les crapauds chanter la liberté.

Dans mon souvenir, cette croix de chemin était toute noire. Dans celui d'Alain, elle était toute blanche. On s'entend sur une chose, elle était entourée d'une clôture de piquets blancs sur lesquels nous nous appuyions pendant la prière.

P.-P.-P.-S. Jean-Pierre a retrouvé une carte postale représentant Bernard Boom Boom Geoffrion que je lui ai envoyée, vraisemblablement en 1956, l'année où je suis entré au collège à Trois-Rivières. Certainement en 1956, devrais-je dire, parce que, dans le court texte qui accompagne la photo, on parle du score remarquable que le flamboyant inventeur du *slapshot* a atteint en 1954-1955 : trente-huit buts et trente-sept assistances. Moi qui prétendais ne jamais avoir eu de carte de Boom Boom !

P.-P.-P.-P.-S. Google fait injure à ma mémoire. Il me concède que ce match dont je parle s'est vraiment disputé en 1954, quand j'avais neuf ans et demi. Et qu'il s'agissait bien du septième match de la série. Et qu'on était bien en prolongation. Mais ce n'était pas 3 à 3, soutient-il; c'était 1 à 1. Et ce n'est pas Delvecchio qui a compté, d'après lui. C'est Tony Leswick, un joueur très obscur et pas très bon, selon moi, à quatre minutes et vingt-neuf secondes du début de la supplémentaire. Et il prétend que la rondelle n'est pas entrée dans le filet par-dessus l'épaule gauche de McNeil, comme je peux jurer l'avoir vu; elle aurait été selon lui déviée par le gant du défenseur, Doug Harvey. On dit, toujours dans Google, que les Canadiens ont immédiatement quitté la glace sans serrer la main des Red Wings. Bien fait.

La vie devant soi

J'avais parfois, dans mon très jeune temps, des projets immensément naïfs qui m'exaltaient énormément, tant et aussi longtemps que je les préparais, les croyant réalisables et susceptibles d'améliorer la qualité de vie de notre famille et de tout embellir autour de nous. Quel grand et voluptueux bonheur en effet que de caresser un projet, si irréaliste soit-il, mais auquel on croit dur comme fer ! On a alors, plus que jamais, toute la vie devant soi.

Un jour, par exemple, j'ai eu la belle idée de creuser la cave de la petite maison blanche. C'était un vide sanitaire très étroit, un simple fossé où passaient les tuyaux d'amenée d'eau et d'égout et dans lequel même l'enfant que j'étais ne pouvait se tenir debout. On y accédait par une lourde trappe qui se trouvait juste devant la porte des toilettes. Qui voulait s'aventurer sous la maison au-delà de ce vide devait se traîner sur les coudes dans une terre argileuse et visqueuse. Une lumière laiteuse coulait des soupiraux. J'avais un plan, une pelle, un seau, une incassable détermination. Je sortirais la terre par le soupirail qui donnait du côté des champs, où je la répandrais.

Ce serait à n'en pas douter de la « grosse ouvrage ». Maman a vainement tenté de m'en dissuader. Je lui répondais que, si je pouvais sortir un seau de terre de la cave, ce dont ni elle ni moi ne doutions, je pourrais en sortir cent, puis mille. Ce n'était qu'une question de patience et de temps. Et nous aurions une cave magnifique et sèche où j'installerais, comme chez grand-papa Germain, de grands compartiments de bois bien aérés pour entreposer les patates, les carottes, les navets, le blé d'Inde. Notre chatte éloignerait les souris.

Pendant des jours, j'ai été porté par ce projet, enivré, soûl, littéralement. Dès que je m'y suis mis, j'ai su qu'il y avait là quelque chose de grand. De trop grand. Très rapidement, j'ai trouvé ce que je ne cherchais surtout pas : de l'eau. Partout où je creusais, je la voyais, calme et silencieuse, remplir presque à ras bord le trou que j'avais fait. J'ai compris que contre elle je ne pouvais rien. J'ai pu renoncer honorablement à mon projet.

J'ai en mémoire un autre projet donquichottesque, qui date du même été. Le terrain où se trouvait notre maison avait gardé sa nature et sa couverture de pâturage ; il était, comme les champs tout autour, couvert de foin sauvage et de robustes graminées. J'ai pensé un jour en faire de la pelouse. Je nous voyais, mes sœurs, mes frères et moi, courant pieds nus là-dessus. Et maman venait pique-niquer avec nous. C'était tout simplement délicieux. En plus, papa serait immensément fier de moi quand il reviendrait de la Côte-Nord et verrait sa maison entourée de gazon.

J'avais, pour seul outil, les ciseaux de couturière de maman. L'avant-midi était à peine entamé que je m'étais fait de jolies ampoules aux doigts. Et j'avais compris que le foin ainsi rasé ne deviendrait jamais du gazon et qu'il était trop raide et trop dru pour qu'on puisse marcher dessus, encore moins s'y asseoir ou courir, pieds nus.

Soixante ans plus tard, il m'arrive encore de caresser des projets semblables, de travailler parfois très fort à des tâches parfaitement inutiles ou de m'investir dans des entreprises vouées de toute évidence à l'échec ou dont je ne pourrai, de mon vivant, dussé-je être un jour plus que centenaire, apprécier les résultats.

J'ai une forêt d'une trentaine d'acres, mon plus beau jouet. Je m'y promène en toute saison. J'y coupe mon bois de foyer, j'y fais du jardinage forestier. J'y réalise également des projets d'une époustouflante inutilité. Au beau milieu d'un des chemins que j'ai ouverts à mon cher VTT se trouvait une pierre qui dépassait du sol de quelque vingt centimètres. Je pouvais rouler par-dessus sans problème. J'ai quand même passé trois jours, seul, avec pelle et barre-levier, à creuser la terre tout autour pour faire basculer cette innocente pierre de manière qu'elle disparaisse à jamais de ma vue. Chaque fois maintenant que je passe au-dessus d'elle, je pense, avec une belle émotion, à ces jours d'août d'il y a quelques étés que j'ai passés à l'enfouir, à tout ce mal que je me suis donné avec tant d'enthousiasme et de plaisir. C'est un beau souvenir, comme une belle grosse pépite de bonheur qui scintille et chatoie dans mon cœur. De même, quand aujourd'hui je pense à la cave de la petite maison blanche, je ressens de la joie. Le rêve est toujours là. Avoir un projet, même irréaliste ou illusoire, est à mon avis la meilleure façon d'être vraiment en vie.

Il y a un an, j'ai entrepris de dégager une partie de ma forêt de sa jeune et chétive broussaille pour qu'on voie le relief entre les fûts des arbres adultes et adolescents. Le résultat est magnifique. Je laisse çà et là quelques ares de forêt sauvage et désordonnée où les perdrix feront en toute sécurité leur nid et les lièvres leur gîte ; et je crée ailleurs des perspectives, j'aménage des coups d'œil sur un buton, un ruisseau, un rocher, sur le lac. Je me prends pour un artiste visuel, un sculpteur, un architecte. Travaillant seul, j'en ai pour environ cent ans. Et quand j'aurai fini, ce sera à recommencer. Parce que, pendant tout ce temps, ma forêt se sera refait de la broussaille.

Mais ça n'a pas vraiment d'importance. J'ai trouvé mon plaisir dans l'image idéale que je me fais de mon territoire, quand il sera parfaitement aménagé… c'est-à-dire jamais. Et dans la contemplation satisfaite de ce que j'ai fait au jour le jour. Chaque fois que j'ai travaillé à ce projet, avant de rentrer mon VTT et de ranger mon casque et mes outils, je me suis promené un moment autour de mon chantier et j'ai contemplé mon œuvre. Un projet en cours donne une impression de force et de santé. Y travaillant, on ne sent pas sa finitude, sa lassitude, on ne perçoit aucune menace.

Dans un vieux western réalisé par Clint Eastwood, *Unforgiven*, il y avait un méchant (Gene Hackman) qui se bâtissait une maison. C'était sa passion. Il terrorisait le village, tuait du monde, violait des femmes, volait des chevaux. Puis il posait ses fermes de toit, qu'il couvrait de planches et de bardeaux... À la fin, il était traqué, désarmé, terrassé par Eastwood, qui jouait le bon, évidemment, et qui lui disait : « Fais tes prières, je vais te tuer. » Le méchant ne pouvait pas croire qu'il allait mourir. « *I don't deserve this... to die like this. I was building a house* » seront ses derniers mots (« Je ne mérite pas de mourir... je construisais une maison »). Ça m'avait frappé, choqué et fait réfléchir.

J'ai, moi aussi, cette impression d'impunité et d'invulnérabilité, de presque immortalité, quand je travaille à des projets qui mobilisent mes facultés, mon temps, mes énergies. Voilà pourquoi j'aime tant les caresser, ces projets. Voilà pourquoi je fais des livres. Cette scène d'une froide lucidité tirée de ce western m'a rappelé que tout cela n'est qu'un leurre. Même porté par un grand projet, même sur un chantier de construction ou dans sa forêt chérie, un gars peut finir par mourir. *Anytime.* Mais ça, je ne veux pas le savoir. Pas maintenant.

LES ÉCORES

Ni dans *Le Petit Robert*, ni dans *Le Petit Larousse*, ni même dans le *Dictionnaire général de la langue française au Canada* je n'ai trouvé le mot « écore ». Le Net, qui semble toujours tout connaître, me le propose au singulier et au pluriel. L'écore est selon lui un escarpement rocheux ou sableux pouvant présenter un danger pour la navigation. Et il appelle « écores » le bord escarpé d'une rivière ou d'un fleuve, d'une étendue d'eau. Aux Écureuils, on employait toujours le mot dans cette acception plurielle. On disait par exemple à nos mères qu'on allait jouer ou traîner ou pique-niquer sur le bord des écores.

Le grand *Dictionnaire culturel* de Robert appelle « écart » un « lieu écarté ; localité peu éloignée d'une commune dont elle dépend ». Ainsi, ce que nous appelions « les écores » était également des écarts, puisqu'ils étaient écartés, pas vraiment éloignés, mais étranges, sans cesse reconfigurés par les marées, un empilement de roches instables coupé du village par une bande forestière et le cap au flanc duquel courait la voie ferrée. Que de dangers ! Que d'attraits !

On n'avait qu'à suivre à travers champs le ruisseau à Marcoux, qui passait tout près de chez nous, longeait les champs de mon grand-père Fiset, tournait vers l'est, puis allait se jeter au bas de la falaise un peu avant le village. On trouvait tout au bout un sentier qui, passé la voie ferrée et un petit bois de bouleaux, de trembles et d'épinettes, nous jetait sans ménagement en bas de la falaise à laquelle s'accrochaient des vinaigriers et des rhododendrons et que couvraient par endroits d'effrayantes colonies d'herbe à puce. Il y avait tout en bas un fouillis de saules et d'aulnes qu'on écartait comme un rideau pour découvrir l'immense paysage, le fleuve, ses battures, ses joncs, ses eaux couleur d'aluminium. On s'arrêtait un moment en haut de la grève, comme des acteurs avant d'entrer en scène, époustouflés par la foule infinie qui les regarde et les attend. Et alors tout basculait; le village là-haut n'était plus que les coulisses du monde. Nous étions ailleurs, dans un autre théâtre. Seuls, enfants. Personne ne nous voyait. Que Dieu.

À cette hauteur, les grèves du Saint-Laurent n'ont rien de doux. Elles sont toujours accidentées, souvent très étroites et encombrées de gros galets, de bois d'épaves et de troncs d'arbres arrachés à d'autres côtes et abandonnés par les marées. Par endroits, cependant, là où des ruisseaux fendent la falaise, il y a de minuscules plages de sable fin et doux par où on pouvait entrer facilement dans le fleuve.

Juste en face, à trois milles environ, on pouvait voir, juchée sur la côte escarpée, l'église de Sainte-Croix de Lotbinière, qui, contrairement à la nôtre, faisait et fait toujours face au fleuve. Vers l'aval se trouvent le vieux quai des Écureuils et la pointe à Pagé où, nous disait-on, il y avait des sables mouvants capables d'avaler un bœuf en dix minutes. Défense d'approcher!

Ce paysage est double. Chaque jour, jamais à la même heure, un drame en deux actes s'y déroule. À marée basse, on marchait très loin sur le fond du fleuve, comme à Kamouraska, à La Malbaie ou à Baie-Comeau. C'était vaseux, visqueux, très glissant. Mais sous la vase, on sentait que le lit du fleuve était fini en dur. De grands galets plats traînaient çà et là, des schistes, que les marées avaient roulés depuis la côte et qu'elles broyaient lentement. On contournait de grandes flaques peu profondes, où parfois des poissons de fond restés prisonniers s'agitaient furieusement, laids, pleins de pics, d'arêtes et de barbillons. C'étaient des maillés, une sorte d'esturgeon, nous disait-on. Notre voisin, M. Zouel (de son vrai prénom Oswald), un homme taciturne, les pêchait et les mangeait. Il tendait sur le fond du fleuve des lignes dormantes qu'il venait relever à marée basse. Il y a pris un jour un petit renard qui, venu se repaître de ses prises, s'était empêtré dans ses filets.

Plus loin, on retrouvait le fleuve recroquevillé au creux de son lit bordé de gros cailloux, arrondis et polis, formant une autre rive, qu'on appelait «les Chaînes», plus hautes que nous, mais quand même invisibles à marée haute. Seul le plus gros de ces cailloux, sis un bon mille en amont, avait un nom, c'était le rocher Jacques-Cartier. Il avait une histoire aussi, une légende, celle de trois garçons, deux grands et un petit, qui un jour d'été avaient grimpé dessus; quand la marée s'était mise à monter, les plus vieux étaient partis en courant, disant au plus petit qu'ils viendraient le chercher en chaloupe. Mais quand ils étaient revenus, le fleuve avait recouvert le Jacques-Cartier. On n'avait jamais retrouvé le petit garçon. Nous pensions souvent à lui quand nous marchions vers les Chaînes et que nous tournions nos regards vers l'amont.

Seuls les fous franchissaient les Chaînes, pour le plaisir de dire qu'ils avaient pataugé ou nagé dans le vrai fleuve, dont on ne voyait jamais le fond. Enfants peureux et sages, nous nous assoyions sur les gros cailloux que les marées avaient polis et que le soleil avait séchés. Et nous attendions jusqu'à la dernière minute, jusqu'à ce moment de calme parfait, quand la marée avait fini de descendre et semblait se reposer un peu, tout à fait immobile, avant d'entreprendre sa montée. Alors on rentrait en courant, tirant derrière nous la grande nappe d'eau qui en moins d'une heure couvrait tout ce paysage et préparait le décor pour le prochain spectacle.

Je ne me rappelle pas m'être aventuré sur le fleuve en hiver. Mais je suis plusieurs fois descendu sur ses écores. C'était assez effrayant. Quand montait la marée, on entendait de sourds bourdonnements sortis des profondeurs, comme si un monstre remuait sous l'immense table de glace.

Mon père nous racontait que, dans sa jeunesse, il allait patiner là-dessus avec ses frères et ses cousins. Faisant dos au vent, ils ouvraient tout grand leur manteau et se laissaient porter par le vent jusqu'au quai du village ou même jusqu'à Neuville. Je ne saurai jamais si cette histoire est vraie ou inventée ou fantasmée. Mais elle me plaît bien. Celle de M. Zouel est plus crédible, il me semble, parce qu'elle nous a été maintes fois racontée par plein de monde. Un jour de printemps, la plaque de glace sur laquelle il pêchait s'est détachée de la rive et a été emportée par le courant et le vent. Les gens le suivaient depuis la rive, de maison en maison, de village en village, jusqu'à Saint-Augustin, où se serait échouée sa plaque de glace.

Le printemps venu, quand on se rendait sur les écores pour la première fois, on trouvait la grève changée, ses cailloux et ses galets bousculés par l'hiver. Les grandes marées et les glaces avaient tout chamboulé. Et nous nous extasiions chaque fois, immanquablement, sur la force des éléments. L'été d'avant, nous avions aménagé, entre les cailloux, des petits havres, des sentiers, tout cela bien solide, inamovible. Et pourtant à recommencer.

Avec mes cousins, mes amis, nous allions jouer sur les écores, et nous baigner dans le fleuve quand la marée était haute. Il y avait deux interdits : pas le droit de se baigner tout nus et pas question de prendre la chaloupe verchères ancrée à un jet de pierre de la rive. Quand j'y pense aujourd'hui, cette dernière interdiction m'étonne ; nous n'avions pas le droit de prendre la chaloupe, mais nous pouvions nager vers le large, nous asseoir dans une tripe de pneu d'auto ou de tracteur et nous laisser porter, nous abandonner au courant du fleuve… Nous avions dix ou onze ans. Aucun adulte avec nous. Mes cousins, les fils d'Émile, cousin germain de mon père, un peu plus âgés que moi, responsables comme le sont souvent les garçons élevés à la ferme, rappelaient les trop intrépides à l'ordre. On a vécu sur les écores des moments extraordinaires. Des barges et des transatlantiques passaient parfois au large ; une dizaine de minutes plus tard, les grosses vagues qu'ils soulevaient atteignaient notre rivage... le bonheur !

    Un après-midi d'été, je me tenais debout sur la grève aux côtés de mon cousin Pierre. Il a dit quelque chose comme : « Quand on y pense, on se baigne jamais deux fois dans la même eau. » Je n'ai jamais repensé à ce moment ni à ces mots pendant des années. Et voilà que, beaucoup plus tard, au collège, pendant un cours de philosophie, un professeur nous parle d'un philosophe grec, un certain Héraclite, qui, deux millénaires et demi avant mon cousin Ti-Pierre, avait dit presque mot pour mot la même chose. Le professeur nous en parlait comme d'une trouvaille géniale. Alors m'est revenu le souvenir de cette journée d'été, sur le bord du fleuve que nous regardions passer, mon cousin et moi. Cette image est toujours d'une parfaite netteté. Je vois même que Pierre se tenait à ma gauche. Et qu'après qu'il eut dit ces mots, nous avons parlé d'autre chose. Comme si de rien n'était.

    Plusieurs des garçons de mon âge devaient aider aux travaux de la ferme. Quand il faisait très beau, à moins que ce soit un dimanche, il y avait les foins à faire ou les fraises à ramasser, toujours quelques travaux en cours... Moi, j'avais le choix. Je pouvais aller les aider, ce qui était déjà un grand bonheur, ou mieux, descendre seul sur les écores. Troublante sensation que la solitude en cet étrange lieu, dans ce silence que couvraient le vent et les clapotis du fleuve, ce contact très sensuel avec l'entière nature, seul au monde, seuls, elle et moi.

Je ne crois pas m'être jamais baigné tout seul. Mais j'ai de nombreuses fois marché jusqu'aux Chaînes. Je n'avais pas peur. J'étais prudent. Mes oncles étaient de ces fous qui les franchissaient. Ils étaient tous d'excellents nageurs. Mon père aussi. Rolland et un autre (Julien? Jacques?) traversaient le fleuve en face de chez nous. Un ou deux de leurs autres frères (Camille? Michel? Jean-Louis?) suivaient en chaloupe verchères. La traversée se faisait à marée haute quand le fleuve avait sa pleine largeur, trois milles, disait-on, près de cinq kilomètres. On ne pouvait pas à marée basse traîner la très lourde verchères sur les estrans vaseux et schisteux.

Un dimanche d'été, marée haute, plein soleil. Nous étions tous sur les écores, les Germain, grands-parents, oncles et tantes, cousins, cousines. Les hommes avaient aménagé un âtre dans l'empilement de roches de la grève et ils avaient fait un feu qu'ils ont nourri de bois d'épaves. Et ma grand-mère Laurence a fait des omelettes pour tout le monde, avec des tranches de lard, des patates, de la sarriette et de la ciboulette, des *bines*. La verchères avait été tirée sur un coin sablonneux de la grève. Nous irions tout à l'heure nous promener sur l'eau, parce qu'il n'était pas question de se baigner après avoir mangé.

Un jour, le malheur a frappé. Nous habitions alors chez Maurice Delisle. C'était un dimanche matin. En rentrant de la messe, Jacques, le plus jeune de nos oncles, dix-huit ans, le bébé de ma grand-mère, s'était arrêté chez nous pour dire à ma mère qu'il descendait passer la journée sur les écores avec deux de ses sœurs, Henriette et Aline. Et ils voulaient m'emmener avec eux. J'étais déchiré. Je n'aimais rien de mieux que les piqueniques et je devais faire un choix, en laisser tomber un. Ma mère a tranché. Elle a dit à mon oncle qu'on partait à Bisoune Beach (qu'on prononçait *bitch*, Bisoune Bitch), avec un autre oncle ou un voisin, parce que papa n'avait pas d'auto. C'était dans le deuxième rang, un élargissement de la méandreuse rivière aux Pommes qui se trouvait sur la ferme d'un M. Godin, le père de Bisoune, vieille fille barbue, qui roulait ses cigarettes à la main et était la terreur des enfants. Un été, elle a passé quelques jours chez nous pour aider maman qui venait d'avoir un bébé. Et nous l'avons trouvée archi-fine, archi-douce, archi-drôle...

Bisoune Bitch était beaucoup plus sécuritaire que le fleuve. Maman n'aimait pas aller sur les écores ; elle trouvait le fleuve trop brutal, avec ses bords de gros cailloux, ses houles, ses vagues, ses eaux opaques, ses gros vents têtus. Elle finissait de préparer le lunch quand nous avons entendu des cris. Du haut de la galerie, on a aperçu ma tante Henriette qui remontait du fleuve en courant, faisant de grands gestes, pleurant, criant... La nouvelle s'est répandue comme une traînée de poudre. Mon oncle Jacques, pourtant si bon nageur, s'était noyé.

Puis tous les hommes du voisinage couraient à travers les champs vers le fleuve. Papa est parti lui aussi. Maman n'a pas voulu que j'y aille. Ils ont cherché mon oncle pendant trois heures. Celui qui l'a finalement trouvé, entre deux eaux, à la pointe à Pagé, près d'un demi-mille en aval, était un Germain, de Cap-Santé ou de Portneuf, qui n'était pas un proche parent. On avait compris déjà ce qui était probablement arrivé. Jacques nageait vers la chaloupe verchères, qu'une vague, produite par un grand navire passé un peu plus tôt, a soulevée et lui a portée sur la tête, l'assommant ou l'étourdissant.

J'ai vu mon père pleurer, ce jour-là. Et tous mes oncles et toutes mes tantes et mon grand-père. Celui-ci est allé à la morgue de Donnacona identifier le corps de son garçon, étendu, nu, sur une dalle. Il m'en a parlé plus tard. Avec tant de peine et tant de silences. Il me disait que son fils avait un corps magnifique, bien proportionné, musclé. Et il se désolait que cette beauté, toute cette force et cette jeunesse soient perdues.

J'ai vu mon oncle Jacques dans son cercueil. Il était boursouflé, bleui parce qu'il était resté longtemps dans l'eau.

Grand-maman est restée enfermée dans sa chambre pendant des jours. Que de peine, que de larmes ! Plus tard, elle a mis une photo de son bébé sur la petite tablette de l'horloge à côté d'images saintes et d'un lampion rouge. Elle ne priait pas pour son âme. Persuadée qu'il était au ciel, elle le priait, lui, comme elle priait les autres saints, son préféré étant François d'Assise.

Elle n'est plus jamais retournée au bord du fleuve. Mes tantes non plus, je crois. Ni mon grand-père. Mais nous, les enfants, on ne nous a jamais empêchés d'y aller. Et nous avons oublié. Ou on a fait semblant qu'on n'avait rien su. On s'est baignés encore et encore, là même où mon oncle s'était noyé... Il y a une sagesse chez les enfants. La mort ne les empêche pas de vivre. Et de toute manière, comme disaient Héraclite et mon cousin Ti-Pierre, on ne se baigne jamais deux fois dans les mêmes eaux. Celles qui avaient tué mon oncle étaient déjà rendues plus bas que Québec, peut-être même que Tadoussac, quand, quelques jours plus tard, nous sommes redescendus sur les écores, mes amis et moi.

Un autre terrain de jeu très fréquenté était ce qu'on appelait la «cavée», un ravin en fait, le lit très encaissé que s'était creusé le ruisseau à Marcoux en tombant du cap sur lequel était «jouquée», entre autres maisons, celle de mes grands-parents. Dès que nous entrions sous le couvert des grands arbres qui bordaient ce lit gazouillant, nous nous retrouvions encore là à l'écart du monde, invisibles et libres. Nous passions des jours entiers dans cette cavée à jouer aux cow-boys et aux Indiens avec nos revolvers à pétards, à soulever des roches pour construire des barrages et voir fuir écrevisses et salamandres, et à pêcher de pauvres ménés que nous gardions dans des seaux. Et nous nous visitions les uns les autres pour admirer nos prises, qui ne vivaient jamais bien longtemps.

Je n'ai pas de mauvais souvenirs de tout ce temps passé sur les écores ou dans la cavée. Est-il possible qu'il n'y ait eu alors que du bonheur? Il est bien probable que ma mémoire ait arrangé, poncé, poli mes souvenirs, à la manière de Photoshop. J'avais vécu, comme tout enfant, des choses graves et tristes, mais il ne semble pas que j'en conservais l'esprit quand je cherchais des écrevisses ou des ménés ou que je marchais jusqu'aux Chaînes ou que je travaillais à la ferme de cousin Émile, le père de Ti-Pierre et de Ti-Marc, qui était dans ma classe.

J'étais, chez eux, comme chez moi. J'aidais aux foins, à la cueillette des fraises, au ramassage des betteraves et des navets, au train quotidien. En dilettante, dois-je préciser. Étant le plus jeune et le plus petit des hommes disponibles, j'avais souvent pour tâche de mener le cheval. Une année, cousin Émile a acheté un tracteur John Deere. Tous les gars, tous les gars du village, même ceux de par en bas et du deuxième rang, sont venus admirer cette bête puissante, élégante et racée. J'étais toujours le plus jeune et le plus petit, celui qui, le temps des foins venus, s'est retrouvé au volant. Je conduisais l'aimable machine entre les rangées de meules de foin. Deux hommes de chaque côté les ramassaient à la fourche et les jetaient sur la charrette, où d'autres se chargeaient de fouler le foin. Quand la charrette était bien remplie, je devais céder le volant à un plus grand, je sautais sur la charrette, et nous rentrions à la grange, étendus dans le foin séché sous le ciel bleu, avec le fleuve au loin. Et quand nous arrivions, cousine Clémence nous apportait de l'eau froide et des biscuits frais.

Émile, ai-je appris beaucoup plus tard, après qu'il a eu un AVC qui l'a laissé totalement muet, aurait aimé être marin, plutôt que cultivateur. On disait dans la famille que, chaque fois qu'il voyait passer un grand navire sur le fleuve, il se mettait à rêver. Mais il avait hérité de la terre paternelle. Et il avait fait quinze enfants à cousine Clémence.

Il est donc resté toute sa vie sur la terre. Peut-être enviait-il vraiment les marins, ces hommes libres et oisifs, qui ne faisaient jamais que passer et qui, là-bas où ils allaient, au-delà de la mer infinie, verraient des paysages incroyables, d'autres mondes. Mais je ne crois pas pour autant que cousin Émile ait été malheureux. C'était un homme doux, dont la ferme était bien tenue et qui menait ses hommes (tous ses fils, à part moi) sans jamais élever la voix. Et il était, au moins, habité par un rêve.

P.-S. Quand mon oncle Jacques s'est noyé, au début de l'été 1952, maman était très enceinte. Le bébé, né le 18 août, son huitième, a été appelé Jean-Jacques, à la mémoire de notre oncle.

P.-P.-S. Lise me dit que j'erre, que ce n'était pas Bisoune Godin qui était venue aider maman après la naissance de Jean-Jacques, mais Charlotte Julien. C'est bien possible. Mais alors, où aurais-je connu la douce Bisoune ? Charlotte est plusieurs fois venue seconder maman, c'est vrai. Quand Christiane est née, par exemple, et Martin, Gérald, peut-être même Jean-Yves. Mais je pense quand même que, à la naissance de Jean-Jacques, quand nous habitions chez Maurice Delisle, c'était Bisoune.

Maman aimait bien Charlotte, avec qui elle riait beaucoup. Et qu'elle a protégée un jour du curé, qui était fâché contre elle parce qu'elle sortait avec un homme marié (selon Lise) ou avec son cousin germain (selon moi). Peut-être aussi que ce cousin germain était marié. Charlotte faisait en tout cas quelque chose de répréhensible aux yeux de l'intraitable et intransigeant curé.

Un jour, maman a demandé à Lise de rester à la maison pour l'aider parce que Charlotte, sachant que le curé en visite paroissiale passerait chez nous, ne voulait pas l'affronter. Ne la voyant pas, il a demandé à maman où elle était. Et il a grondé maman en disant qu'elle l'aidait à se cacher et qu'elle ne devrait pas engager une mécréante. Mais je me demande bien où maman aurait pu cacher Charlotte ailleurs que dans la cave, où on devait marcher à quatre pattes, et dont le sol était toujours très humide et boueux.

J'aimais particulièrement Charlotte. Elle jouait beaucoup avec nous. J'étais un grand amateur de l'émission *La Lutte au forum*, que j'allais voir les mercredis soir chez mes grands-parents Fiset ou chez des amis, Laliberté, Trépanier ou Vadeboncœur, car nous n'avions pas de télé chez nous. On se faisait aussi, tous les gars du coin, des séances de lutte dans des granges ou en plein air. Les « petits nains », Sky Low Low et Little Beaver, étaient nos favoris. Quand elle avait du temps, Charlotte luttait avec moi. J'étais très troublé quand elle me plaquait contre le mur et me faisait le *full nelson* ou la clé de bras japonaise, pressant son corps de jeune femme contre le mien. Et je criais « chute » pour qu'elle me délivre de ce trouble.

P.-P.-P.-S. Aujourd'hui, me fait remarquer Jean-Pierre, qui y a beaucoup joué lui aussi, la cavée n'est plus apparente, le ruisseau à Marcoux a été «entuyauté». Quel dommage! On ne peut pas dire que le village s'est développé en beauté. Le site est toujours magnifique, mais il y a maintenant des constructions tout autour. La route nationale, qu'on appelle désormais le chemin du Roy, est bordée de maisons de styles très disparates, les plus vénérables voisinant avec des bungalows de briques blanches. Et il y a des rues plein les champs qui, autrefois, s'étendaient, nus et libres, jusqu'au fleuve.

P.-P.-P.-P.-S. Odette me rappelle que nous allions glisser dans le cap, où le vent monté du fleuve stockait toujours de gros amas de neige. Nous avions des traîneaux et des traînes sauvages, des morceaux de prélart et de grands cartons, et nous glissions, seuls ou à deux ou à plusieurs, à plat ventre, assis, sur le dos. J'ai pensé mourir, un jour. Je glissais en solitaire sur un traîneau. J'allais trop vite et, sur la neige durcie au bas de la pente, j'ai perdu le contrôle de mon esquif, qui ne s'est arrêté qu'à quelques pas de la route nationale où passait à toute vitesse un énorme camion qui soulevait un nuage chargé de neige qui m'a giflé au passage. J'ai eu le temps de voir ses dessous, le différentiel, la roue de secours.

Quelques années plus tard, quand j'étais pensionnaire au collège, à Trois-Rivières, ma cousine Marie-Josée était tuée au même endroit alors qu'elle attendait l'autobus qui devait la ramener à l'école après le dîner.

P.-P.-P.-P.-P.-S. Odette a donné un bec à notre oncle Jacques dans son cercueil. « On avait dû me le suggérer très fortement, dit-elle. J'ai certainement pas fait ça spontanément. » Je la crois. Nous devions manifester notre amour et notre affection aux morts.

Lorsqu'il y avait un décès dans la paroisse, la famille posait un ruban ou une couronne sur la porte de la maison. Et tous les écoliers passaient visiter le mort. Un jour, nous sommes allés, Odette et moi, voir une toute jeune enfant exposée dans une petite pièce, où nous entrions deux par deux. Il faisait très chaud. Certains enfants riaient nerveusement. J'étais tenté de toucher la petite morte, question de vérifier si les morts étaient vraiment froids comme de la neige. Je ne me souviens pas de l'avoir fait.

L'araignée Napoléon

Simonne, notre mère, aimait bien nous raconter des historiettes dont on pouvait tirer quelque leçon. Celle-ci, par exemple. Un jour, le grand Napoléon Bonaparte, découragé après plusieurs assauts infructueux contre une ville dont il voulait s'emparer, s'était réfugié dans une grange dans le but de se reposer un peu. Nous l'imaginions, étendu dans le foin, mâchouillant un fétu de paille, rêveur. Comme si, sur ces théâtres de guerre où il avait entraîné ses armées, la chose eût été possible. Maman nous disait qu'il songeait sérieusement à tout abandonner. Ressassant les plus moroses pensées, il suivait d'un œil distrait une araignée qui s'ingéniait à tendre une toile dans une encoignure ; son fil se cassait, elle recommençait, le fil cassait de nouveau, deux fois, cinq fois, neuf fois, encore et encore, elle recommençait toujours. Jusqu'à ce que le fil tienne et qu'elle puisse enfin tendre sa toile. Remis en confiance, fort de cet exemple de courage et de persévérance, Napoléon remonta à cheval, rallia ses hommes et prit enfin la ville.

La leçon était des plus simples. Dans la vie, il ne faut jamais se décourager. Même quand on croit que tout est perdu.

Je ne sais pas de qui ma mère tenait cette invraisemblable anecdote. Mais je suis sûr qu'elle ne l'avait pas inventée. Elle était trop timide, trop pure, trop généreuse pour inventer quoi que ce soit. Les inventeurs et les créateurs sont des égocentriques narcissiques. Tout le contraire de ce qu'était notre maman, Simonne.

Cela dit, il existe bel et bien une araignée Napoléon, ainsi nommée parce que son abdomen, vu sous un certain angle, ressemble au bicorne du fameux empereur. Mais la Napoléon, qui fait partie de la famille des araignées-crabes (les *Thomisidae*), ne tisse pas de toile. Elle chasse à l'affût. Elle se construit des caches et tend des pièges en reliant des pétales de fleurs au moyen de ses fils. Comme le crabe, elle peut se mouvoir de côté et même battre en retraite. Ce que savaient également faire les armées du temps de Napoléon.

Je tiens aussi de ma mère cette magnifique histoire de la colombe Éternité, qui m'a mis pour la première fois en contact avec l'infiniment grand et avec le monde si patient de la minéralogie et celui, effarant, de l'astronomie et de la vie après la vie. Je pense que nos maîtresses d'école, comme mes tantes et mes oncles, connaissaient également cette histoire.

« Quelque part dans notre univers infini, il y a une boule de fer un milliard de milliards de fois plus grosse que la Terre. Une fois tous les cent milliards d'années, un oiseau tout blanc, parfaitement blanc, sans aucune tache, vient frôler cette boule du bout de son aile.

« À chaque frôlement, l'aile use un peu la boule de fer, presque rien, pas plus qu'un souffle de bébé va user la pierre la plus dure au monde, un diamant, par exemple. Le jour où la colombe avec son aile aura complètement usé la boule de fer, dans des milliards de milliards de milliards d'années… ce jour-là, mon enfant, l'éternité ne fera que commencer. »

Quelle âme est sans défaut ?

L'été de mes onze ans, mon oncle Julien m'a trouvé une job dans une pépinière de Neuville, Chez Horto, dont le propriétaire, monsieur V., était un vieux Belge, grand, maigre, très gentil. Je gagnais 20 cents de l'heure. C'était bien peu, même pour l'époque. Mais j'étais parfaitement heureux. J'avais un vrai travail, dans un domaine où je souhaitais faire ma vie. Muni du lunch que maman m'avait préparé, je prenais l'autobus provincial qui passait devant chez nous un peu avant huit heures. Je descendais vingt minutes plus tard devant la pépinière. Je passais la journée à sarcler, biner, désherber, arroser. Je devais dételer le cheval, l'étriller et lui donner à boire quand il avait fini sa journée. C'était un gros percheron pommelé, vieille bête taciturne et gentille, pour laquelle monsieur V. avait beaucoup d'affection. Quand je tondais la pelouse, il me demandait de lui apporter une pleine brouettée de gazon et de trèfle fraîchement coupé, tout humide et parfumé. Le soir, je rentrais en voiture avec les hommes de Cap-Santé ou de Deschambault.

Un jour, le patron nous a envoyés, un certain G. et moi, « renchausser » les plantations de conifères qui se trouvaient tout au bout des champs, près du fleuve. Je montais le cheval pour le guider entre les haies d'arbustes. G. tenait les « menons » de la charrue. Il faisait très chaud ; on devait de temps en temps éponger le pauvre cheval avec des sacs de jute. G. a dit qu'on aurait moins chaud si on enlevait nos culottes. Et il m'a enjoint de le faire. Je trouvais sa proposition plutôt saugrenue. Même qu'elle m'inquiétait vaguement. Et j'ai refusé. Plus tard, sous prétexte qu'il avait les mains sales, il m'a demandé de descendre de cheval et de sortir sa montre de sa poche. J'ai avancé la main, que j'ai vivement retirée : il n'y avait pas de montre, mais quelque chose de dur, un objet contondant qu'on ne devait pas toucher. G. a eu un mouvement d'humeur et s'est éloigné un moment. Nous avons terminé le travail de « renchaussement » sans un mot et ramené le vénérable cheval à l'étable.

Quelques jours plus tard, tourmenté par cet épisode, j'ai tout raconté à ma mère qui a tout raconté à mon oncle Julien qui a tout raconté au propriétaire de la pépinière qui m'a fait appeler et m'a demandé de tout lui raconter, ce que j'ai fait. Dans l'après-midi, je me trouvais dans la serre des œillets, attenante au bureau, où j'ai vu entrer monsieur V. et G. qui marchait derrière lui, la tête basse. J'ai compris à leurs gestes qu'il avait été remercié. À quatre heures, je suis parti en voiture avec les hommes de Cap-Santé. G. était assis devant. Moi, sur la banquette arrière avec deux autres travailleurs. Les gars parlaient entre eux, en amis, sans s'occuper de moi. J'étais sûr que G. leur avait menti. J'étais sûr qu'il leur avait dit que j'avais bavassé et laissé croire à monsieur V. qu'il avait dormi à l'ombre ou qu'il avait été brutal avec le cheval. Il ne pouvait pas leur avoir dit la vérité. Et les gars devaient le croire et se dire que j'étais un sale petit menteur et un méprisable rapporteur. Quand je suis arrivé chez moi, au pied du cap, le chauffeur s'est arrêté et ils m'ont laissé descendre sans me saluer. Mais G. s'est tourné vers moi et m'a jeté un regard mauvais qui m'a hanté pendant des jours. J'avais peur ; pourtant, je ne regrettais rien.

D'autres garçons que moi, par timidité ou par peur, auraient accepté ses avances. D'autres, comme moi, les auraient refusées avec horreur. Lesquels auraient parlé de cela à leur mère ? Je ne sais pas. Pourquoi l'ai-je fait, moi ? Pour rester en paix, simplement. Parce que je ne voulais pas garder ça pour moi, même s'il ne s'était rien passé. Le mal était venu rôder près de moi. Il fallait qu'il soit chassé.

J'ignore si monsieur V. a parlé aux autres travailleurs et s'il leur a dit les véritables intentions de G. Mais ils ont été corrects avec moi jusqu'à la fin de ce bel été, au cours duquel j'ai amassé près de 100 dollars, qui ont servi à compléter mon trousseau de collégien. J'allais en effet entrer, en septembre, au séminaire Saint-Antoine dirigé par les Franciscains, à Trois-Rivières, où mon oncle Omer enseignait. Et j'allais devenir un prêtre, comme lui.

Il m'avait fait parvenir par la poste un petit manuel, ce qu'on appelait le prospectus du collège, dans lequel on décrivait ce que devait contenir le fameux trousseau. Je voulais que tout soit très exactement pareil. J'ai toujours été plutôt brouillon ; mais dans certaines circonstances, je veux bêtement et maniaquement la perfection absolue. Pressentant que mon départ des Écureuils et mon entrée au collège constituaient un tournant de ma vie, je voulais que les choses se passent dans les règles, sans accroc, sans heurt.

Je suis allé avec maman dans les magasins de Donnacona m'acheter toutes les brosses recommandées, à souliers et à habits (dont je n'allais à peu près jamais me servir), à cheveux (je les portais très courts, en brosse), à dents, un savonnier avec ses deux barres de savon, camisoles, bobettes, chemises, etc.

En suivant le modèle décrit et illustré dans le prospectus, maman a entrepris de confectionner mon habit dans je ne sais quel tissu récupéré : pantalon gris, veston marine. Je suivais les travaux en cours. Un jour, j'ai remarqué avec stupeur que les boutons de mon veston étaient à deux trous et non à quatre comme sur l'illustration. Ou le contraire, peu importe. Catastrophe ! Après avoir hésité un moment (une minute ou une heure, je ne sais, mais pas longtemps), j'en ai parlé à maman, qui a dû ressentir une extrême fatigue. Pauvre elle, elle venait de travailler pendant des jours à la confection de ce veston avec ses petits moyens, et y avait cousu les boutons qu'elle avait trouvés sur quelque vieux vêtement ayant appartenu à mon père ou à un de mes oncles. Elle a tenté de me convaincre que le nombre de trous n'avait pas vraiment d'importance. Je restais inquiet. Et déçu. Une égratignure dans la perfection recherchée.

À la rentrée, elle est venue avec moi à Trois-Rivières. M. Vadeboncœur, dont le fils Gilbert fréquentait le même collège, nous avait emmenés dans sa grosse voiture, maman et moi sur le siège arrière.

Mon oncle, qui enseignait le grec et les mathématiques en syntaxe, nous avait arrangé une rencontre avec le supérieur, le père Solano. À mon grand soulagement et à ma courte honte, maman lui a parlé des boutons de mon veston. Le bon moine a souri, franchement étonné. Et il m'a dit que le nombre de trous aux boutons de mon veston n'avait aucune importance. Il me semblait lui-même plutôt négligé, son bureau était en désordre, ce que je trouvais sympathique et rassurant. J'étais soulagé. Et j'aimais très fort maman. Elle savait certainement que mes inquiétudes étaient sottes. Elle savait sûrement qu'il dirait qu'il n'y avait rien là. Mais elle voulait que j'entre en ce lieu libre, heureux, sans inquiétude. Que tout soit parfait.

Il m'est arrivé par la suite d'avoir des crises de perfection, de vouloir respecter à la lettre tous les règlements; je voulais, bien égoïstement, aller au ciel. Mais cet épisode des boutons de veston est ma seule incursion de perfectionniste dans le domaine vestimentaire.

J'ai porté pendant ces années-là beaucoup de vêtements usagés, habilement retouchés par ma mère, très ingénieuse et excellente couturière. Certains gars du collège avaient la gentillesse de me faire remarquer que je portais le manteau de Vadeboncœur, le veston de Gervais ou le pantalon de Parenteau.

Je n'ai jamais eu honte de cela. Au contraire, j'étais plutôt fier de ma pauvreté, sachant bien que, dans l'enseignement de notre saint patron François d'Assise, elle était une grande qualité, quasiment une condition *sine qua non* à l'accession à la sainteté. J'ai cependant parfois vécu quelque inconfort. Quand, par exemple, en méthode, troisième année du cours classique, filiforme, quatorze ans, j'ai reçu un habit trois pièces ayant appartenu à Ti-Moineau, un compagnon de brosse de mon père, qui était plus court que moi et fait comme un tonneau. Ma mère avait enlevé les deux boutons décoratifs qui flanquaient les revers pour remplacer ceux qui fermaient le veston, laissant au niveau des seins deux tétines bien en vue qui soulevaient l'hilarité autour de moi. Ce trois-pièces avait quelque chose d'estival, sa pâleur, la minceur du tissu dont il était fait, avec des lignes très fines. Depuis, quand je vois un vieux film de bandits marseillais, je pense à cette époque de ma vie, à cet habit d'homme que je portais à quatorze ans et aux souliers de « second pied » lourdement cloutés pour lesquels le préfet de discipline m'avait donné une dérogation. « Mais essaie de pas trop faire de bruit. » J'ai aimé ces souliers.

En matière de chaussures, rien n'était plus prisé dans ce milieu des années 1950 que des gros souliers dont le talon était orné d'une demi-lune ferrée, qui faisait une jolie musique de percussion. Dans les corridors du collège, je devais marcher sur la semelle en me tordant les pieds pour ne pas faire de bruit et éviter qu'on m'enlève mes chers souliers ferrés.

J'ai eu aussi, cadeau de mon cousin Guy Villemure (que Dieu ait ton âme, cher ami), un complet par lui usagé que j'ai aimé à la folie, en lainage bleu et gris. J'étais en versification. J'avais dit à ma mère, qui avait fait les *altérations*, que je porterais toujours, toute ma vie, des complets de cette coupe. J'avais trouvé mon style. Ignorant totalement qu'il y avait des modes, je ne pouvais imaginer qu'elles passaient. Il n'y avait à mes yeux rien d'ancien, rien non plus de vraiment nouveau. Il y avait du neuf et de l'usé. Mais du démodé, dans mon esprit, ça n'existait pas. Je reste à ce jour très allergique aux modes.

Le collège était un bâtiment de plan rectangulaire et symétrique, trois étages, briques rouges, fenêtres distribuées avec régularité. La façade très austère, qui donnait sur la rue Laviolette, présentait en son centre une avancée qu'occupait l'entrée principale, à laquelle on accédait par un escalier de béton. Dans l'immense cour sablonneuse, on pouvait jouer au baseball, à la balle au mur, au ballon-chasseur, etc. S'il pleuvait, il y avait le gymnase et, dans la salle de récréation, des tables de *pool*, de ping-pong, de Mississippi. À la bibliothèque, on trouvait de quoi lire pendant toute une vie. Pour un garçon fraîchement sorti des Écureuils, c'était fascinant.

Je venais d'avoir douze ans. J'avais conscience de vivre le début d'une nouvelle vie, une sorte de recommencement du monde. Tout était parfait. Et si frais, si pur! Sans aucun effroi. Que du bonheur! Nous allions à la messe chaque matin. J'aimais l'étude. J'avais la vie devant moi.

Pendant que j'étudiais ainsi, pensionnaire heureux et comblé au séminaire Saint-Antoine de Trois-Rivières, dans ma famille, le soir, après le chapelet, mes sœurs et mes frères priaient pour moi. C'est ma sœur Odette qui m'a appris ça au cours de l'été suivant. « Et toi, pries-tu pour nous ? » m'avait-elle demandé. Je me souviens de sa question, pas de ma réponse. J'imagine que je priais pour ma mère et pour mon père, pour mes grands-parents. Pour la bienfaitrice qui payait mes études. Et sûrement aussi pour mes frères et sœurs.

On ne prie plus. Et c'est bien dommage. La prière que j'adressais à Jésus ou à son papa, bien que naïve, et que personne sans doute n'écoutait, m'amenait quand même à penser aux êtres qui m'étaient chers, à mes proches, à les aimer davantage, à les comprendre mieux, à leur vouloir du bien. On ne passe plus beaucoup de temps à penser ainsi aux autres.

On n'a jamais su qui était ma bienfaitrice. On a longtemps soupçonné une grand-tante du côté de ma grand-mère paternelle, Rachel Dussault, qui avait des sous et qui s'informait de moi chaque fois qu'elle croisait ma mère à l'église. Mais mon oncle Omer a toujours tout fait pour brouiller les pistes. Si bien que ma mère, plus tard, après qu'il fut mort à la suite d'une longue maladie, disait que, selon elle, c'était lui, ma bienfaitrice.

Les Franciscains faisaient vœu de pauvreté, d'obéissance et de chasteté. Mais mon oncle, en tant que père économe du collège, avait le pouvoir d'effacer les dettes que mon père, incapable de payer les huit dollars mensuels de ma pension, avait sur les conseils de son frère laissées s'accumuler.

Les mercredis et samedis après-midi, nous avions congé. De temps en temps, mon oncle, que je devais appeler comme tout le monde « père Omer », m'emmenait chez Croteau et m'achetait des jeans, des espadrilles, un manteau. C'était très expéditif. Le choix n'était jamais bien vaste, pas comme aujourd'hui quand on doit passer des heures à essayer une infinité de modèles de pantalons ou de vestons... Mon oncle payait. Puis il me disait d'écrire un mot de remerciement à ma bienfaitrice. Je donnerais cher pour retrouver ces billets. Je lui décrivais les achats que nous avions faits. Je parlais de mes résultats en classe. Je terminais toujours en lui disant que je priais pour elle. Je ne rêvais pas de la connaître. Mon oncle m'avait dit que charité tue était plus méritoire. Si j'avais découvert qui était ma bienfaitrice, elle aurait été lésée, je l'aurais privée de mérite.

Chacun de nous avait un directeur de conscience à qui il confiait ses doutes, avouait ses péchés. J'en avais peu à cette époque. Peu de doutes, pas vraiment de péchés. Plus tard, quand je me suis permis d'en commettre, je courais les avouer au prêtre, incapable de supporter la pensée que mon âme était souillée. Ah! le bonheur d'après la confession, qu'on ne connaît plus aujourd'hui, le bonheur de l'aveu qui lavait de toute salissure.

On m'avait dit que mon âme, à l'état naturel, était toute blanche. Je la voyais un peu comme ces boules de pâte à pain que pétrissaient les gars travaillant dans la petite boulangerie que mon père a possédée pendant un très court temps. Molle, chaude et douce, telle était mon âme. Mais, à bien y penser, pas très amicale, plutôt indifférente.

Je devais quand même en prendre le plus grand soin, lui éviter tout malaise, toute souillure… J'ai fait longtemps et avec beaucoup d'application et de ferveur ce travail de gardien de mon âme immortelle.

Qu'avais-je alors que je n'ai plus ? Et où, quand, comment ai-je perdu cette lumière, cette flamme, qui m'a été donnée, confiée ? Cette pureté dont j'ai eu conscience jusque tard dans mon adolescence ? Et puis la ferveur s'est évanouie, elle s'est dissipée. Il a fallu apprendre à vivre avec une âme amochée, tachée… Mais, comme disait mon ami Arthur, quelle âme est sans défaut ?

P.-S. Quand, devenue très vieille, à quatre-vingt-dix-huit ans, grand-maman Laurence a commencé à en perdre des grands bouts, elle voulait toujours se confesser. Je suis allé la voir un jour. Mes tantes Aline et Odyle, vieilles filles, vivaient avec elle et attendaient sereinement sa mort dans la grande maison sur le cap. Odyle m'a dit : « Si elle ne te reconnaît pas, elle va vouloir se confesser. Chaque fois qu'un homme met le pied dans la maison, elle pense que c'est un prêtre et elle veut se confesser. Et s'il n'y a pas d'homme, elle veut que j'appelle le curé. » Or, le curé était passé déjà quelques fois. Il avait entendu ma grand-mère en confession. Mais il avait manifesté une certaine impatience. Il avait laissé entendre à mes tantes qu'il ne fallait plus le déranger pour de semblables vétilles. Mais ma grand-mère, qui avait peur de sa mort prochaine, continuait presque tous les jours à réclamer un confesseur.

« Écoute-la, m'a dit ma tante. On va enfin savoir de quels péchés elle veut s'accuser. » Ma grand-mère savait donc qu'elle allait bientôt mourir et elle voulait entrer au ciel. Mais quels péchés pouvait bien avoir commis une femme de quatre-vingt-dix-huit ans ? Elle avait éprouvé, dans les dix dernières années de sa vie, plusieurs très grandes peines. Mon père, son aîné, était mort, de même que Rolland, son deuxième, Judith, Georges-Hébert, qu'on appelait encore « le père Omer », même si depuis Vatican II il avait repris son prénom... Quatre enfants perdus en quelques années. Dans mon esprit, de telles épreuves devaient effacer bien des fautes.

Je suis allé m'asseoir près d'elle. Elle était si vieille, presque aveugle, ses yeux bleus davantage pâlis par les cataractes, une fleur fanée, séchée, on voyait poindre les os et courir les veines bleues sous sa peau translucide. J'étais partagé entre la curiosité de connaître les péchés dont elle voulait s'accuser et le désir d'être reconnu par elle, ce qui m'aurait permis de voir qu'elle était lucide. Et m'aurait rassuré. Elle m'avait dit, quand j'étais allé la voir quelques mois plus tôt : « Être dure d'oreille, ça peut aller, avoir de la misère à marcher aussi. Mais quand tu perds tes yeux, que tu peux plus jouer aux cartes ou regarder la télévision, c'est vraiment pas drôle. » Et elle avait perdu ses yeux.

Elle m'a reconnu à ma voix. « C'est Georgeot, grand-maman, lui ai-je dit. C'est le petit Georges. » Elle a fait un sourire et a plusieurs fois répété mon prénom en me tendant une main décharnée, que j'ai saisie et pressée contre mes lèvres.

Je n'ai donc pas confessé ma grand-mère. Et je me demande encore quelle était la nature des péchés que cette femme presque centenaire, mère de quinze enfants, veuve à soixante-dix ans, souhaitait confesser.

« Peut-être qu'elle a désiré dans sa jeunesse un autre homme que son mari », ai-je suggéré. « Impossible, m'ont répondu mes tantes. Elle était trop amoureuse de notre père. »

C'était vrai. Elle était amoureuse folle de son mari, Léonidas Germain, mort juste avant les fêtes de 1962, à l'âge de soixante-quinze ans. « Une vraie geisha », a déjà dit une de mes tantes beaucoup plus tard, quand on a connu ce mot. Immanquablement, je l'ai souvent vu, de mes yeux vu, quand mon grand-père rentrait pour le dîner ou le souper, ma grand-mère laissait tout tomber pour le servir. Il n'y avait alors que lui qui comptait pour elle. Mais il a fallu que mes tantes, Aline surtout, m'en parlent pour que, devenu adulte, je réalise à quel point elle était servile avec son mari. Et que je réalise que ma mère à moi n'avait pas été comme ma grand-mère, amoureuse folle de son mari. Elle était, en tout cas, beaucoup moins expansive. Dans la famille, on ne s'entendra pas tous facilement sur ce sujet. Certains diront que maman était amoureuse de papa. Je ne dis pas cela, et je ne crois pas cela. De toute manière, être amoureux dans le contexte qu'ils ont connu a peu à voir avec les réalités d'aujourd'hui. Il y a des modes dans l'amour et les émotions, comme dans la musique, les parfums, les vêtements...

Le grand dérangement

« La campagne est un destin, la ville une aventure. »
Jean Paré

À Bersimis et Labrieville, papa avait été responsable de l'entretien des fournaises à huile des baraques qu'occupaient les travailleurs. Une fois terminées la construction des barrages et l'installation des centrales hydroélectriques, il a pu se joindre à une équipe de défricheurs, de planteurs de pylônes et de *liners*, des monteurs de lignes, qui devaient tout mettre en place pour qu'on puisse acheminer vers Montréal l'électricité produite sur la Côte-Nord. Je ne sais trop comment il a pu obtenir cette job, mais il est sûr et certain qu'il y avait dans ce domaine beaucoup de trafic d'influence. Le curé, par exemple, ou le maire du village, intervenait auprès du député ou du ministre responsable pour qu'il exige des entrepreneurs qu'ils engagent un tel ou un tel, et pour commencer Jean-Louis Germain, quarante ans, des Écureuils. Pourquoi ? Parce qu'il était père de dix enfants, donc il avait besoin de travailler et tout intérêt à être vaillant. J'ai la nette impression que papa était très fier d'être ainsi considéré, non pour ses compétences professionnelles ou ses savoir-faire techniques, mais parce qu'il avait engendré une famille nombreuse.

Je disais à mes amis au collège que mon père plantait des pylônes d'un bout à l'autre de la province. Je l'imaginais, traversant monts et vaux, lacs et rivières, un géant, un héros.

Or, papa n'avait rien d'un mythomane ou d'un vantard et ne sentait pas vraiment le besoin d'être grandi. Surtout, je pense, il ne pouvait concevoir qu'on puisse être autre que soi-même, peu importe qui on est et où on se trouve dans l'échelle sociale. Quand, plus tard, je lui ai parlé de cette géniale et mythique saga hydroélectrique à laquelle il avait participé et qui donnait à rêver à toute une génération, il m'a bien fait comprendre qu'il n'y avait joué qu'un tout petit rôle; il n'était pas monteur de lignes, mais simple manœuvre, *pick and shovel*, disait-il. Mon père aimait beaucoup utiliser les très rares mots d'anglais qu'il connaissait. Comme *all right*, par exemple.

Ainsi, il ne plantait pas des pylônes; avec ses semblables, jeunes hommes dont la terre ne voulait plus ou qui ne voulaient plus d'elle, il ramassait à la main les branches que les débusqueuses avaient laissées sur le parcours, les mettait en tas et au feu ou les donnait à la déchiqueteuse. En fait, il finissait de déblayer le terrain et de faire le ménage avant qu'on installe les bases en ciment sur lesquelles seraient érigés les pylônes, entre lesquels les vrais monteurs de lignes allaient plus tard tendre les câbles de transmission. Il les avait vus à l'œuvre; il en parlait avec énormément d'admiration. S'il m'avait laissé faire, je l'aurais bien volontiers associé à eux. Et il aurait encore fait à mes yeux et auprès de mes amis et de mes petits frères figure de héros.

Il a quand même travaillé sur un important segment de ces lignes de transmission, depuis l'arrière-pays de Charlevoix jusqu'à Montréal. Quand les défricheurs et les *pick and shovel* sont passés derrière Les Écureuils, il est venu coucher à la maison plusieurs jours de suite. Puis il s'est éloigné de nouveau, ne revenant plus que les fins de semaine, puis toutes les deux semaines…

Une fois à Montréal, il a pris contact avec quelques membres de la famille et des *Écureux* expatriés, ses frères Camille et Julien, toujours dans le jardinage, les pépinières et le camionnage, ses cousins Ti-Paul et Florent, un Gingras, un Godin, quelques autres. Il a également retrouvé Camille Paré, qu'il avait connu à Shawinigan, et sa femme, Jeanne d'Arc. Ils ne s'étaient pas vus (ou vraiment très peu) depuis le temps, dix ans plus tôt, où on vivait en Mauricie, mais les deux femmes avaient continué de s'écrire. Camille Paré avait une qualité que maman appréciait beaucoup, rare parmi les amis de papa : il ne buvait pas ou très peu. Quant à Jeanne d'Arc, c'était la personne la plus débrouillarde que nous connaissions. Et elle adorait maman.

Papa s'est trouvé du travail à l'usine Canadair. Au collège, je disais désormais à mes amis que mon père fabriquait des avions. C'était moderne, ça paraissait bien. Ce n'était pas tout à fait faux. Et ça me plaisait. Ce que j'ai appris lors des vacances de Noël me plaisait infiniment moins : on allait déménager à Montréal.

J'étais scandalisé. Quelle était cette idée de s'éloigner de ce lieu où, de l'avis de tous, il faisait si bon vivre ? Et de se priver à tout jamais de la proximité du plus beau fleuve de la planète ! Et de quitter les meilleurs grands-parents qui soient, les tantes les plus fines, les oncles les plus drôles, les plus fidèles amis ! Je vois encore le sourire impuissant et amusé de ma mère quand je lui ai annoncé du haut de mes treize ans que je ne mettrais pas les pieds dans cette ville maudite et que je viendrais chaque année passer mes vacances d'été chez grand-papa et chez cousin Émile. Elle comprenait, j'en suis sûr, mon attachement viscéral à ce coin du monde. Elle était certainement déçue, elle aussi, et désolée, révoltée peut-être, mais surtout très inquiète. Elle allait quitter tout ce qu'elle connaissait. Avec ses douze enfants, dont le plus jeune, Jean-Yves, était né un mois et demi plus tôt. Une fois à Montréal, elle devrait en inscrire une demi-douzaine à l'école. Mon père ne s'occupait pas de ces choses-là. Bien sûr, elle ne serait plus seule avec ses enfants, elle retrouverait là-bas son mari, qui avait été parti presque continuellement depuis plus de quatre ans. Mais elle devait se demander pourquoi la vie était ainsi faite. Pourquoi son mari ne s'était-il pas trouvé un travail bien rémunéré près de chez lui ?

Début janvier, je suis retourné au collège en sachant que je ne reverrais jamais l'intérieur de la petite maison blanche. Elle n'était plus à nous, de toute façon. On n'avait pas réussi à payer les mensualités de 35 dollars à l'entrepreneur, un monsieur T. de Donnacona, qui avait fourni les matériaux et assuré la finition : plomberie, électricité, portes et fenêtres. Il a repris notre maison avec le terrain que grand-papa Fiset nous avait donné. Et on s'est retrouvés locataires. Chez nous. Je suivais tout ça de bien loin. Dans ses lettres, maman ne me parlait pas des malheurs de la famille. Je n'avais que les bonnes nouvelles. Ce que je sais de ces durs moments, c'est Lise ou Odette qui me l'ont raconté.

C'était souvent Lise qui, au début du mois, allait porter l'argent du loyer au bureau de T. à Donnacona, à un gros mille et demi de chez nous. Elle en garde de cuisants souvenirs ! T., « un homme petit et laid qui avait toujours un chapeau vissé sur la tête », la faisait presque toujours attendre. Même quand il n'avait rien à faire, il s'ingéniait à l'ignorer. Il jouait dans ses papiers, il parlait au téléphone ou avec des gens qui se trouvaient là, il se levait, sortait, ne revenait qu'après un long bout de temps. Lise restait sagement assise dans le bureau, son enveloppe dans les mains, jusqu'à ce qu'il daigne remarquer sa présence. Quand il manquait des sous dans l'enveloppe qu'elle lui tendait, maman y avait glissé un mot qu'il lisait à haute voix, puis il engueulait ma sœur et lui disait devant tout le monde : « Tu diras à ta mère que je veux le reste la semaine prochaine. J'ai pas les moyens de m'occuper des pauvres. J'ai besoin de mon argent. »

Lise sortait du bureau le cœur gros. Sur le chemin du retour, elle s'arrêtait chez grand-maman Fiset, qui savait trouver les mots pour la consoler et qui, quelle que soit l'heure du jour, lui donnait des biscuits et de la crème glacée. Grand-maman était fâchée contre T., qui avait eu pour rien le fond de terre que grand-papa nous avait donné. Toute la famille était fâchée. Le pauvre T. figure à tout jamais dans notre histoire comme le méchant absolu, celui qui nous a arraché notre bien. Mais, comme dit Lise, il était peut-être dans son droit. Nous l'avons quand même irrémédiablement démonisé. Il s'est retrouvé propriétaire de la maison où nous avions grandi, que nous avions chérie entre toutes. Et que lui n'aimait probablement pas. Il n'y avait jamais dormi, jamais mangé, il n'avait jamais nourri le poêle, jamais rien fait pour que vive cette maison. Nous l'avons longtemps détesté. Les pauvres ne peuvent accepter d'être à eux seuls la cause de toutes leurs misères. Il leur faut parfois un bouc émissaire.

Afin de reconstituer le récit précis et détaillé du plus perturbant événement de notre histoire familiale, le grand et irréversible dérangement survenu au printemps 1958, j'ai tenté de ramasser les souvenirs épars qui gisaient au fond de la mémoire de mes sœurs et de mes frères les plus âgés. L'ensemble fait beaucoup penser au cinéma néoréaliste italien des années 1950. C'est tout en noir et blanc. Le camion est surchargé, bringuebalant, muni d'une bâche dont les pans battent au vent, et on voit, qui dépassent, des pattes de tables et de chaises, des vieux sommiers à lames. La *mamma* est éplorée. Les enfants ont la morve au nez. Et sur la route, il pleut, bien sûr.

Je n'ai, moi, en mémoire, qu'un clip très court qui aurait sérieusement besoin d'être restauré. En noir et blanc, lui aussi. Et très triste. C'était pendant l'étude du matin, au collège. Le préfet de discipline est venu me dire que j'étais appelé au parloir, où m'attendait maman en petite fille. Je ne l'ai peut-être pas perçue comme ça, ce jour-là, mais aujourd'hui quand je revois la scène, c'est ainsi qu'elle m'apparaît, comme une toute petite fille désemparée, qui m'a donné de doux baisers, m'a glissé un sourire inquiet jusqu'au fond du cœur et m'a dit bien peu de mots. Que pouvait-elle me dire que je ne savais déjà ou que je ne voulais pas savoir ? Je suis sorti avec elle. Une voiture était stationnée devant le collège. Une demi-douzaine de mes petits frères et de mes petites sœurs, je ne saurais dire lesquels, se dégourdissaient les jambes sur le trottoir, piaillante et frissonnante nichée qui s'est pressée autour de maman et de moi. Je ne sais pas qui était au volant. Mais il y avait une autre auto d'enfants, à bord de laquelle se trouvait Lise. Et un camion pour transporter à Montréal les maigres biens de notre famille.

Je crois que Jean-Pierre et Alain étaient à bord du camion. Je n'ai pas réussi à savoir qui le conduisait, ni de quelle couleur il était. Je ne sais rien non plus, de façon précise, du temps qu'il faisait ce jour-là. Je garde le souvenir d'un ciel maussade, venteux et mouillé ; mais il est bien possible que, sachant la tristesse qui habitait nos cœurs, à maman et à moi, j'aie donné *a posteriori* à toute cette journée des tons tragiques. Pour les plus jeunes, c'était peut-être un jour de fête et d'aventure. Il me semble qu'Alain m'a déjà parlé ainsi de ce voyage...

En voyant le taudis dans lequel elle allait vivre avec sa famille, maman a fondu en larmes devant ses enfants. Papa est resté silencieux. C'était tout ce qu'il avait trouvé. Et ça ne payait vraiment pas de mine.

On emménageait dans une sorte de hangar ou d'entrepôt, dont un groupe de motards avait fait un temps son quartier général. Les murs extérieurs étaient couverts de tuiles d'asphalte vertes, fatiguées, souvent écornées, il n'y avait pas de cave sous le sol de ciment. Des divisions avaient été faites avec des « deux-par-quatre » et des planches de contreplaqué, dont certaines avaient visiblement servi à faire des coffrages de ciment. Il y avait une baignoire, mais pas de chauffe-eau. Le pire était que la grande chambre en entrant, à droite, la seule ayant une porte, était occupée par un harmonium et par un homme taciturne dont l'histoire n'a rien retenu à part qu'il mouillait son lit. Les deux devaient partir au cours des semaines suivantes. En attendant, parents et enfants se sont installés dans les chambres du fond, passé la cuisine…

J'étais alors en syntaxe, deuxième année du bon vieux cours classique. Peu après la rentrée, ma bienfaitrice avait donné des sous à mon oncle pour que je puisse devenir scout. J'étais fou de joie, persuadé que j'étais béni des dieux et que le destin qui se forgeait en moi (ou qui me forgeait) me permettait tous les espoirs. Je n'avais qu'à me laisser aller. Membre de la patrouille des Cerfs, j'ai prêté serment, appris à faire des nœuds, à monter une tente, à correspondre plus ou moins bien en morse et par sémaphore, à m'orienter en forêt de diverses manières et, tant bien que mal, à faire un feu avec de l'écorce, de la mousse, des cailloux. À la fin de l'année scolaire, qui tombait toujours le 13 juin, fête de notre saint patron Antoine de Padoue (et de ma grand-mère Laurence), je participais à mon premier camp, sur les bords d'un beau lac sauvage, au nord de Saint-Alexis-des-Monts.

Mes oncles et mon père m'avaient montré comment nager. Mais nous ne fréquentions que des eaux courantes, celles du fleuve, de la rivière aux Pommes, de la Jacques-Cartier. Pour la première fois de ma vie, je me retrouvais dans de l'eau calme et claire, toute douce, qui sentait génialement bon. C'est dans ce lac des Laurentides que j'ai appris à nager longtemps, avec plaisir et sans me fatiguer, comme si je me promenais à l'horizontale.

On a fait une excursion de deux jours en montagne, où je me suis révélé bon grimpeur, agile et souple. Je travaillais fort parce que, l'avant-dernière nuit du camp, je serais « totémisé » ; je voulais subir les épreuves initiatiques en héros et recevoir le nom d'un prestigieux animal auquel, par ma bravoure et ma force, je serais immanquablement associé. Je voyais grand, très grand : lion, loup, aigle, ours, à la rigueur coyote, pékan ou carcajou… J'ai été cruellement déçu et humilié. Le totem que les chefs et l'aumônier (mon propre oncle, Georges-Hébert !) ont choisi de me donner était « Chevrette ordonnée ». C'était donc ainsi qu'ils me percevaient ! Qu'ils aient considéré que je devais acquérir le sens de l'ordre, ça pouvait toujours aller. Mais qu'ils m'aient vu comme une chevrette, un animal femelle, fragile et peureux, c'était une insulte. L'été commençait mal. Ma carrière de scout serait de courte durée.

Deux jours plus tard, on a plié tentes et bagages. On s'est chanté *Ce n'est qu'un au revoir*, et on s'est séparés pour l'été. Je pensais encore aux Écureuils, où j'irais dans le temps des foins. Mais j'étais tout aussi excité à l'idée de retrouver ma famille dans son nouveau monde.

J'ai pris l'autobus provincial à L'Aurore, le restaurant-terminus de Louiseville. J'avais mon chapeau de scout à larges bords, comme Baden-Powell, des culottes courtes, un foulard aux couleurs des Cerfs, un sifflet autour du cou, un canif à la ceinture, un sac au dos. Je ne connaissais pas encore le mot, mais j'étais infiniment *cool*, calme, heureux, tout simplement. Je regardais les champs d'un côté, le fleuve sur la gauche, puis les villages que nous traversions à basse vitesse. Et tout ça était fort beau.

À Berthierville, au comptoir du restaurant où on a fait halte, j'ai commandé un Seven-Up. Une quinzaine de minutes plus tard, nous roulions de nouveau vers Montréal. Et peu à peu une envie d'uriner s'est emparée de moi, pressante, totalitaire. Plus aucun plaisir. Plus rien que cette lancinante douleur et une sourde panique… Il n'y avait qu'une solution : pisser. Mais où ? Quand ? Nous nous sommes finalement engagés sur un pont qui faisait une longue courbe, presque au ras de l'eau. J'ai compris qu'on entrait sur l'île de Montréal. Et je me suis dit que je pourrais me soulager très bientôt. Mais cette île est immense, et l'autobus avait emprunté un chemin que j'ai su plus tard être la rue Sherbrooke. Il fallut encore un temps considérable, une heure, je dirais, qui me parut une éternité. Mon envie était devenue intolérable. J'étais trop timide pour demander au chauffeur de s'arrêter un moment le long de la route. Il l'avait pourtant fait plusieurs fois, pour prendre ou déposer des passagers. J'ai pensé pisser dans mon sac de couchage, que j'aurais ensuite abandonné, ni vu ni connu. Ou à terre, carrément. L'autobus était presque vide...

J'ai réussi à tenir jusqu'au terminus. J'ai laissé mon sac à dos par terre devant la porte de l'autobus, j'ai couru aux toilettes. C'était au sous-sol. L'escalier en terrazzo sentait l'encaustique. Quel bonheur j'ai connu devant le long urinoir émaillé! À côté de moi, un homme très grand m'a demandé gentiment comment s'était passé le camp. En haut, le chauffeur d'autobus veillait sur mon sac, qu'il m'a remis en souriant. Tout le monde était bienveillant, prévenant et gentil. Et il faisait chaud. J'étais chez moi. Je pense vraiment avoir été conquis dès ce moment. J'étais content d'arriver en ville, chez moi.

J'ai appelé à la maison à Cartierville. C'est papa qui m'a répondu. «Bouge pas, je viens te chercher», m'a-t-il dit. En raccrochant, je me suis bien demandé pourquoi. Il aurait été plus simple, plus rapide et plus économique de m'indiquer quels autobus je devais prendre. J'avais treize ans, presque quatorze, j'étais scout et, malgré mon ridicule totem, j'aurais très bien pu me débrouiller tout seul. Papa est venu me chercher en taxi. Je crois me souvenir que maman n'était pas contente du tout de cette inutile dépense qu'il avait faite pour me ramener à la maison comme un trophée...

J'ai découvert ce lieu étrange et éphémère qu'on appelle encore « la maison verte ». Et je l'ai aimé. L'été, à Montréal, il n'y a pas de taudis. De très gros peupliers ombrageaient la cour. Et il y avait derrière la maison des tas de planches pleines de clous, de vieilles tuiles d'asphalte, des parpaings cassés, un fouillis magnifique, de beaux projets en perspective. Et surtout, juste en bas de la rue, passé le boulevard Gouin, se trouvait ce monstre fascinant qui semblait sommeiller le jour, mais qui, dès la fin de l'après-midi, se mettait à briller de mille feux, à lancer dans les airs des musiques, des rires et des cris, grouillant de ses foules chaudes et surexcitées : le parc Belmont. Ma sœur Odette m'a fait faire mon premier tour dans le quartier, le soir même de mon arrivée. Il faisait chaud. Et clair. Dans l'air, des odeurs grasses et sucrées...

Dans le grand stationnement du parc Belmont, nous avons vu un gros homme sans bras ni jambes. Ses quatre moignons étaient couverts de cuir. Devant lui, une sébile, où les passants jetaient des pièces de monnaie. « Ils viennent le porter ici au milieu de l'après-midi, m'a dit Odette, quand le monde commence à arriver. Ils reviennent le chercher après la soirée. » Jamais, dans mon innocence, je n'aurais pensé qu'on pouvait abuser de ce pauvre homme. Mais il vociférait et engueulait les gens de sa grosse voix graveleuse. Il n'était pas de bonne humeur. Il avait pourtant tout pour gagner son ciel, me disais-je. Pendant quelque temps encore, ce serait ce qu'il y avait de plus important pour moi : gagner son ciel. Et pour ce faire, il me semblait normal et souhaitable, à moi qui n'en connaissais pas, de subir de très grandes et très dures épreuves. Dans mon esprit, cet homme aurait dû, comme faisaient les saints martyrs qu'on nous proposait au collège comme modèles, remercier le bon Dieu de celles qu'Il lui imposait.

Le chambreur incontinent était parti. Mais l'harmonium était encore là, comme une tentation. On ne sait plus aujourd'hui à qui il appartenait. Mais maman ne voulait pas qu'on y touche. On le faisait quand même, parfois. Alain, surtout, qui avait déjà une passion pour la musique, qui ne ferait que grandir.

Mes sœurs Lise, quinze ans, et Odette, douze ans, étaient vraiment très belles. En fait, tous mes frères et sœurs étaient de beaux enfants. Ça aide, dans la vie. Quand je suis arrivé à Cartierville au début de l'été, Lise et Odette s'étaient fait plein d'amis à l'école et dans le voisinage. Des filles et des garçons qui venaient chez nous ; ils étaient gentils, rieurs, aussi simples et généreux en fin de compte que les gens des Écureuils. Il y avait donc là aussi, dans la grande ville que deux mois plus tôt j'exécrais, du bon monde. Ce fut pour moi une révélation, une découverte.

Nous avions une bicyclette pour fille de marque Regent, que je me suis bien égoïstement appropriée pour explorer les environs, poussant un peu plus loin à chaque sortie. Je descendais la rue Saint-Denis jusqu'à Sherbrooke. Je traversais Saraguay, Roxboro, Pierrefonds, en suivant le boulevard Gouin. Je visitais L'Abord-à-Plouffe,

Sainte-Dorothée, Laval-sur-le-Lac. Je regardais. Et j'étais heureux, insouciant.

Je ne sais pas trop d'où venait l'argent. Mais nous avons eu cet été-là notre premier réfrigérateur, notre première télé, notre premier tourne-disque. Ce fut un magnifique été. On écoutait *Tom Dooley*, du Kingston Trio, et *Catch a Falling Star*, de Perry Como.

Ainsi, j'ai connu cette fameuse maison verte pendant la belle saison surtout, dans la touffeur d'un très bel été. C'est à l'hiver qu'elle doit sa mauvaise réputation. Il faisait si froid que maman gardait parfois ses bottes toute la journée. C'était sombre, laid. Il y avait du givre sur les murs. Et la nuit, les rats faisaient un incessant ramdam. Pendant les vacances de Noël, nous avons cloué, maman et moi, des boîtes de carton défaites sur les murs des chambres, pour couper un peu le froid.

Un matin, papa m'a dit, très sérieux, que je devais rester tranquille et aider le plus possible maman à tenir maison. «T'es assez grand pour savoir qu'elle attend un autre bébé!» J'ai dit: «Oui, bien sûr que je l'ai vu.» En fait, je n'avais rien vu de particulier; maman était presque toujours enceinte et elle n'avait pas le temps de perdre son ventre entre deux grossesses. Elle attendait alors son treizième enfant, Serge, né le 27 janvier, trois semaines après que je fus retourné au collège, laissant ma famille à sa misère.

P.-S. Lise était, lors du grand dérangement, dans le feu de l'action. Elle se souvient que l'une des autos, celle qui avait à son bord maman et cinq enfants et qui s'était arrêtée me voir à Trois-Rivières, était conduite par notre oncle Julien, le filleul de papa, le plus gentil, généreux et serviable de nos oncles. Au volant de l'autre voiture, dans laquelle elle se trouvait, il y avait André Paré, le fils de la sémillante Jeanne d'Arc qui allait remuer ciel et terre pour que l'arrivée de la famille Germain à Cartierville se fasse en douceur. Lise était assise devant avec un bébé dans les bras et peut-être un autre, sur la banquette, entre elle et André. Et pas moins de quatre marmots derrière, un paquet grouillant et remuant.

« C'était vraiment cauchemardesque », m'écrit-elle. C'était sans arrêt des « J'ai faim », des « J'ai envie », des « J'ai mal au cœur », des « Quand est-ce qu'on arrive ? ». Et ils ne finissaient jamais par arriver. Ils ont traversé un pont très long. André Paré a dit : « Nous v'là au moins sur l'île de Montréal. » Lise a cru que ça y était. Mais il a fallu encore deux heures au moins, des feux, des arrêts… Lise était fatiguée. Elle avait envie, elle aussi, les bras engourdis et mal partout. « Aujourd'hui, j'en ris », me dit-elle.

Lise me jure que maman n'a pas pleuré en entrant dans la maison verte. « Elle n'aurait jamais pleuré devant ses enfants, tu le sais. » En voyant l'état des lieux, maman se serait plutôt tournée vers notre père pour lui dire : « Qu'est-ce que t'as pensé, Jean-Louis ? »

P.-P.-S. Au moment de partir de la petite maison blanche, le camion chargé de nos meubles déjà en route, on ne trouvait plus Martin, trois ans et demi.

On a appelé, cherché, fouillé jusqu'aux armoires de la maison. On a soulevé la trappe de la cave. On l'a finalement découvert dans la maison des voisins, chez Gérard et Simone Delisle, qui sont tous sortis pour voir partir notre famille. Simone, la meilleure amie de maman, avait les larmes aux yeux. Anne était assise dans l'une des voitures. Son amie Claire, la fille de Simone, la saluait de la main. Anne a pensé qu'elles ne se reverraient pas avant longtemps. Et alors, seraient-elles encore amies ?

P.-P.-P.-S. J'ai passé une partie de cet été 1958 aux Écureuils, chez mes grands-parents Germain, où je m'étais rendu en faisant du pouce. Je ne sais pas si maman était inquiète. J'ai retrouvé là-bas mes cousins, avec qui j'ai fait les foins, cueilli les fraises et fumé mes premières cigarettes, des Rothmans. Parfois, quand la mer était haute, nous allions nous baigner, en fin d'après-midi. Mais je n'appartenais déjà plus à ce paysage. J'étais en visite, un passant. Ce n'est que beaucoup plus tard, quand j'aurais vécu pleinement l'aventure de la ville, que la campagne redeviendrait pour moi un objet de désir.

OGINO

Quand maman était enceinte, elle avait des varices qui s'enroulaient autour de ses jambes, comme de grosses couleuvres bleues. Parfois, l'une d'elles éclatait, le sang giclait. C'était terrible. Une nuit, incapable de dormir, j'étais entré dans la cuisine où elle était assise, seule, ses pieds trempant dans une bassine remplie de sang. J'étais bouleversé. Elle m'a rassuré : « Va te coucher, mon p'tit gars. C'est rien. C'est rien. » Je garde de ce moment, malgré tout ce sang répandu, une impression de grand calme. La nuit d'hiver était douce, sans vent, le poêle ronronnait gentiment. Et maman était infiniment brave. Elle avait trente-cinq ans et tenait toute seule une maisonnée de dix enfants.

C'était de pire en pire à chaque grossesse. Certains jours, dès qu'elle marchait le moindrement, le sang commençait à couler. Elle devait rester assise, les jambes allongées sur une chaise. Lise restait alors à la maison pour aider. Une voisine qui était dans sa classe, Yvonne Delisle, lui apportait chaque après-midi des notes de cours et des devoirs à faire. Et le soir, une fois les enfants couchés, Lise faisait ses devoirs et apprenait ses leçons. Puis un matin, maman lui disait : « Aujourd'hui, ça devrait bien se passer, tu peux aller à l'école. » Lise était contente. Elle adorait l'école. Mais elle partait toujours un peu inquiète, laissant maman avec le lavage et le ménage et quatre ou cinq petits.

C'est ici que s'est déroulée peut-être une histoire que je qualifierais d'orpheline parce que je n'en connais que les grandes lignes et que je ne parviens pas à la situer exactement dans le temps, ni dans l'espace. Il y a maman et un prêtre, le curé Bissonnette, des Écureuils, ou le curé Brenan, de Cartierville.

Voyons pour commencer ce qui se serait passé avec le curé Bissonnette. C'est la version que privilégie Lise, plus fiable que moi, parce que plus âgée, et parce que maman se confiait plus à elle qu'à moi, affaires de femmes. Ce serait vers la fin de l'été 1955. En visite paroissiale, l'homme de Dieu en robe noire aurait demandé à maman quel âge avait son petit dernier. Il s'agissait de Martin, qui, né le 10 novembre 1954, avait alors dix mois bien sonnés. Comme de raison, le curé s'est étonné que maman ne soit pas de nouveau enceinte.

Nous n'aimions pas ce curé. Il vivait comme un châtelain dans un petit village agricole, avec une bonne qui faisait sa lessive et lui préparait et lui servait ses repas. Imbu non de sa personne, mais de sa fonction.

Maman (j'imagine sa timidité) lui aurait alors expliqué qu'elle et son mari utilisaient une méthode (vraisemblablement celle d'Ogino-Knaus) qui permettait non d'empêcher la famille par des moyens impies, mais simplement d'éviter les grossesses en faisant abstinence pendant un certain temps. Elle avait déjà dix enfants, son mari était sur la Côte-Nord et gagnait peu. Elle était seule. Et sa santé se détériorait.

La méthode Ogino, je l'apprends aujourd'hui par mon ami Google, avait été approuvée par l'Église catholique quatre ans plus tôt, en 1951. Deux hypothèses peuvent être évoquées ici. Ou le curé ignorait que l'Église avait approuvé l'utilisation de cette méthode. Ou bien il voulait, malgré ce fait, que les femmes continuent à faire des enfants, même au péril de leur vie, parce qu'il était un farouche apôtre de la revanche des berceaux. Toujours est-il qu'il aurait admonesté maman. Il lui aurait dit qu'elle n'avait pas le droit de contrecarrer les desseins de Dieu, qui étaient de peupler le monde de bons chrétiens.

Quoi qu'il en soit, quand Martin a eu un an, papa étant descendu de la Côte-Nord pour passer quelques jours avec nous, maman était enceinte de Gérald.

J'ai longtemps cru que cette histoire s'était passée plus tard, après notre déménagement à Montréal. Maman serait allée voir le curé de la paroisse Notre-Dame-des-Anges, à Cartierville, pour lui demander si elle pouvait, étant donné les circonstances, empêcher la famille… autrement que par la méthode Ogino-Knaus, qu'elle avait pratiquée pendant quelques années et qui s'était révélée inefficace. Elle avait eu huit enfants en huit ans et trois quarts (entre le 7 avril 1950 et le 27 janvier 1959), parce que après Gérald nous était arrivé Jean-Yves, suivi, moins d'un an après notre emménagement à Montréal, de Serge.

J'imagine la scène. Maman se serait rendue à l'église demander de l'aide au prêtre. Un conseil, en fait. Elle avait pensé à cette rencontre pendant des jours et des jours, et pesé, soupesé, choisi un à un chacun des mots qu'elle allait utiliser. Il y en avait trois, qu'elle aurait sans doute souhaité ne pas prononcer mais qui s'étaient cependant imposés, sans malice lorsque pris un à un, mais lourds de sens mis ensemble : empêcher, la, famille. Trois mots enveloppés dans une inquiète interrogation, une prière, une supplique. « Mon père », aurait-elle commencé, dans la pénombre du confessionnal. Ou peut-être le curé aurait-il reçu dans le vestibule du presbytère, un peu ennuyé, cette femme pauvrement vêtue, terriblement intimidée par le luxe, l'ordre, la propreté des lieux. « Mon père », disait-elle.

Et elle a demandé à cet homme qu'elle connaissait à peine, grand, sec, autoritaire, si elle pouvait faire ce qu'il fallait pour ne plus avoir d'enfants. Elle lui a dit qu'elle avait une grosse famille et que son mari avait un si petit salaire qu'ils avaient toutes les misères du monde à arriver. Le curé savait certainement où habitait cette femme, un taudis glacial, rue Lachapelle, chauffé au bois, un nid à feu, sans sous-sol. Son vicaire était déjà allé chez ces miséreux dégeler les tuyaux et il avait aidé cette femme à calfeutrer les rares fenêtres de la maison.

Et le prêtre, qui tutoyait ma mère (avec raison d'ailleurs puisqu'il était rien de moins que le représentant de Dieu sur terre), lui a dit qu'elle venait par cette seule demande de commettre un péché mortel. « C'est l'intention qui compte. Retourne chez toi, ma fille, et réfléchis. Et reviens me voir dans quelques jours. Tu me demanderas pardon. Alors seulement, je te donnerai l'absolution. »

Cela dit par un célibataire bien nanti, grassement nourri, confortablement logé, à une femme de trente-neuf ans, mère de treize enfants, qui, il ne pouvait pas ne pas le savoir, allait lui obéir religieusement, aveuglément.

Maman est rentrée à la maison, la mort dans l'âme. Ses bottes prenaient l'eau. C'était un jour morne et pluvieux de l'automne 1959, fin novembre, début décembre, milieu d'après-midi. Elle marchait sous la pluie froide et hostile, si terriblement seule. À qui, dans le monde, pouvait-elle parler de son désarroi, de sa peine, de ses inquiétudes ? Pendant qu'elle était au presbytère, Lise avait gardé les enfants, ceux qui n'allaient pas encore à l'école. Et les autres sont arrivés avec leurs sacs, leurs rires, leurs chicanes. Tous ignorant le drame que vivait notre mère. Moi, j'étais au collège séraphique à Trois-Rivières, loin de tout cela, innocent, et bien nanti, grassement nourri, comme les prêtres à qui se confessait maman.

Ma mère n'avait pas demandé au curé si elle pouvait utiliser des contraceptifs. Ça ne lui serait jamais passé par la tête. Elle savait que l'Église interdisait cela. Elle souhaitait seulement que le curé lui dise qu'elle n'était pas obligée, étant donné qu'elle avait déjà de nombreux enfants, que son mari gagnait peu d'argent et qu'elle avait des ennuis de santé, de remplir son devoir d'épouse. Les esprits sectaires de l'Église considéraient encore, en 1958, que la femme devait se soumettre aux désirs de l'homme, quelles que soient les circonstances.

Une fois, beaucoup plus tard, j'ai entendu ma mère dire qu'elle avait utilisé la méthode Ogino-Knaus. Elle avait étudié le cycle menstruel. Elle savait que la période féconde ne dure que quelques jours, les quatre qui précèdent l'ovulation et le jour qui la suit. Du temps où mon père était sur la Côte-Nord, elle lui écrivait de venir « les bons jours ». Mais soit elle calculait mal, soit elle n'osait se refuser à mon père, elle tombait immanquablement enceinte chaque année.

Notre mère a fait aveuglément son devoir. Ainsi, c'est à cet intransigeant curé de Cartierville que ma sœur Sylvie devrait la vie. Sylvie n'a pas été désirée. Mais une fois arrivée, le 19 octobre 1960, elle a été aimée, dorlotée, bécotée tout autant, sinon plus, que tous les autres. Elle a été, à son tour, notre jouet, notre amour. Elle reste notre petite sœur chérie.

À Montréal, Lise a fait sa huitième année. Elle commençait sa neuvième quand, un jour, papa lui a dit qu'il faudrait qu'elle laisse l'école pour aider maman. « Pas encore ! » a-t-elle dit. Les mots lui ont échappé. Et papa l'a giflée.

Un quart de siècle plus tard, elle habitait, avec sa fille, Chantal, son homme, Gilles, et les trois garçons de celui-ci, la ferme du P'tit Québec libre, une commune artistique et politique au fin fond du neuvième rang de Sainte-Anne-de-la-Rochelle, dans les Cantons-de-l'Est. Mes parents allaient de temps en temps y passer quelques jours. Un soir, Lise a parlé à papa de cette gifle reçue au moment où elle devait, à quatorze ans, renoncer à aller à l'école qu'elle adorait. « J'ai jamais oublié, moi non plus... Je me suis fait mal autant qu'à toi, ce jour-là », lui a dit papa.

Ils se sont rappelé qu'ils vivaient alors un véritable enfer. Et ils se sont réjouis de s'en être sortis.

P.-S. Serge, l'avant-dernier, aime raconter qu'un soir, alors qu'il était seul avec maman à la maison, elle lui aurait fait un aveu : « Au fond... je ne voulais que deux enfants, toi et Sylvie. »

P.-P.-S. Papa ne giflait pas souvent ses enfants. Pour ma part, je me souviens d'une fois. On jouait dehors, un soir après le souper. J'avais fait quelque mauvais coup, peut-être battu méchamment une de mes sœurs, Odette probablement. Papa est sorti sur la galerie et m'a appelé. Je savais hors de tout doute que j'allais recevoir une mornifle. Pas une fraction de seconde je n'ai songé à me sauver. J'ai marché vers lui, j'ai monté l'escalier et je suis allé recevoir ce que je méritais.

P.-P.-P.-S. Il me semble évident que la version de Lise, dont l'action se déroule aux Écureuils, est plus probable et plausible que celle de Montréal. Le curé Bissonnette, des Écureuils, exerçait son ministère à l'ancienne. Il entrait d'autorité dans la vie des gens.

P.-P.-P.-P.-S. Cette histoire de curé sectaire a peut-être à voir avec le fait que maman, ses enfants élevés, a cessé d'aller à la messe de façon régulière. Elle ne priait pas beaucoup. Elle ne nous parlait jamais du bon Dieu. Je sais qu'elle n'avait pas vraiment de respect pour les prêtres. Elle aimait bien mon oncle Georges-Hébert, pas parce qu'il avait embrassé le sacerdoce, mais parce qu'il savait lui parler, la faire rire, l'écouter… et parce qu'il avait permis à l'aîné de ses garçons de faire des études.

Habitants

Un des deuils à faire dans la vie, lorsqu'on prend de l'âge, est d'accepter de n'être plus, en fin de compte, que soi-même. Le grand défi qui s'impose alors est de ne pas en être trop déçu. Longtemps, j'ai rêvé d'être ou de devenir quelqu'un d'autre, du moins en surface, en apparence, phénotypiquement, tout en restant moi-même au fond, génotypiquement. J'aurais bien aimé vivre ici, dans ce douillet et bourgeois Québec, avec un peu d'exotisme en moi, venant d'ailleurs en fait, après avoir vécu de grands drames existentiels, ayant choisi ce pays où je fais ma vie, étant parmi ces Québécois que j'aime quelqu'un de différent d'eux, parlant leur langue avec un accent particulier; et j'appartiendrais à quelque minorité très rare, très visible, j'aurais un nom qui sonnerait étrangement, une histoire différente de la leur, une légende, un drame vécu ailleurs, terrible, dont je me serais sorti par miracle ou par force et par une chance inouïe. Mais non, rien, absolument rien.

J'ai beau grimper jusqu'au XVIIe siècle dans l'arbre généalogique de mon père et dans celui de ma mère, je ne rencontre que des Normands, des

Picards ou des Poitevins, des Dussault, Villemure, Gélinas, Fiset, Pagé, Hébert, Proulx, Langlois, Trottier, Bevais, Dupont, pas une goutte de sang étranger, pas même, pas perceptible en tout cas, une trace de gènes amérindiens comme il s'en trouve, paraît-il, dans beaucoup de familles du Québec. Chez nous, rien d'exotique, ni dans les gènes, ni dans les noms, ni dans les origines. Et pas d'ancêtre s'étant illustré à la guerre, dans le crime, les affaires, la politique ou la sainteté, dans la littérature, la musique ou les arts. Que du monde appartenant aux classes les plus basses de la société, des habitants, aurait dit mon père.

Je ne sais pas trop ce qu'il entendait par là. Ni pourquoi il se « vantait » ainsi. Surtout, évidemment, après notre arrivée à Montréal. Mais il l'a dit et répété maintes fois, avec une fière résignation : « Moi, je suis un habitant. » Il n'avait pourtant pas de respect particulier pour l'homme de la terre, il n'aimait pas les travaux de la ferme, il n'avait acquis aucun savoir-faire manuel, il ne chassait ni ne pêchait, je ne me souviens pas qu'il ait entretenu quelque amitié avec un animal, chien, cheval ou chat. Et il n'était pas du genre à partir se promener pour le plaisir dans le bois.

Il savait bien par ailleurs qu'un habitant, tel qu'il le concevait ou le percevait, était au plus bas de l'échelle sociale. Il savait aussi qu'un habitant, contrairement à ceux qui règnent, régentent et gèrent, ne fait rien de mal, il n'est pas responsable des désordres et des malheurs du monde. Il y avait peut-être un peu de défaitisme, de démission ou de lâcheté dans cette affirmation moult fois faite par mon père, dans la posture qu'elle lui permettait d'adopter. Étant habitant déclaré, avoué, reconnu, assumant pleinement sa condition, il n'avait pas à tenir le moindre standing, aucune confrontation à mener, pas la moindre ambition sociale à réaliser. C'était reposant, rassurant. Facile aussi. Il n'était pas humilié de sa condition. Elle lui était naturelle. Il se serait sans doute accommodé de l'ancien système social hiérarchique indien, dans lequel il aurait été de très basse caste. Il aurait été un *harijan*, un enfant de Dieu, un intouchable, au plus bas de l'échelle sociale. Quand t'as rien, t'as rien à perdre. Que de fois on l'a entendu dire qu'il additionnait des zéros à des zéros ! Jamais une cenne de côté. Aucun espoir que demain soit mieux qu'aujourd'hui. Aucune crainte qu'il soit pire. Rien ne changera jamais.

De la foi et des croyances de ses ancêtres, mon père ne remettait jamais rien en question. Fidélité, soumission… et liberté. Il était un homme libre parce que sans ambition, sans argent, sans autre avenir que celui de ses enfants. Et pourtant, il avait cette autre fierté qui lui faisait répéter qu'il ne devait rien à personne. Un jour, pendant l'un des plus durs épisodes de pauvreté de la famille, il avait emprunté 300 dollars au Bien-être social. On a su ça beaucoup plus tard. Sans nous le dire, quand il a pu retrouver du travail, il a remboursé cette somme à raison de 10 ou 15 dollars par mois. Tout ça pour pouvoir dire qu'il n'avait jamais vécu aux crochets de la société. Un Germain ne fait pas ça. Habitant, mais pas parasite. Ne devant rien à personne.

Au début de la vingtaine, j'ai eu une blonde qui me disait parfois : « Tu me fais penser à ton père. » J'étais toujours un peu triste alors, un peu déçu. Je n'aimais pas ressembler à cet homme. Et encore moins constater qu'il y avait en moi, presque pas avoué, une sorte de mépris pour lui. Je n'étais pas fier de ressembler à mon père, ce qui me paraissait contre nature. D'autant plus que, quand on me le faisait remarquer, c'était le plus souvent parce que j'avais bu, que j'avais les traits tirés, que j'avais dit des niaiseries ou fait des bêtises... Je réalisais alors que ma blonde, et d'autres peut-être, n'avait pas beaucoup de considération pour lui. Ce qu'elle trouvait en moi de lui n'était jamais beau, jamais fort, jamais original.

Mais il travaillait fort, sans jamais se plaindre. Même les lendemains de veille, malade de boisson, il se levait à cinq heures et demie, prenait l'autobus et se rendait à l'usine Canadair, cinq jours par semaine. Et les week-ends, il travaillait deux fois douze heures à l'incinérateur qui se trouvait au bout de l'avenue Royalmount, qui, partie du boulevard Décarie, allait se buter aux pistes de l'aéroport de Dorval. Un no man's land fort impressionnant. Il y avait là, au beau milieu d'un immense terrain en friche, une gigantesque fournaise où, pendant la semaine, jour et nuit, des camions venaient déverser des millions de tonnes de déchets. On jetait tout à l'époque, on ne faisait pas de récupération, ni de compostage. Les camions se délestaient de leur nauséabond et dégoulinant chargement dans une immense fosse où grondait un feu d'une voracité épouvantable, un monstre enragé que mon père nourrissait les week-ends de toutes les immondices qui étaient tombées pendant la semaine des bennes des camions. Il faisait le ménage du lieu le plus sale de Montréal.

Cet incinérateur était tout neuf, disait-on, très moderne. Les plateformes de déchargement étaient situées une bonne dizaine de mètres au-dessus du niveau de la rue afin de faciliter le déversement des déchets directement dans la gueule du monstre. La longue rampe en béton qu'empruntaient les camions était chauffée en hiver pour empêcher la formation de glace. Toutes les opérations étaient mécanisées, et les déchets, asséchés afin qu'ils brûlent sans requérir trop de carburant. Mon père me disait aussi qu'un jour ils trouveraient un moyen de récupérer la chaleur produite par le monstre et qu'ils s'en serviraient pour chauffer les édifices municipaux situés à proximité. Pour le moment, il n'y avait pas d'édifices à proximité. Et qui, me demandais-je, voudrait s'établir à proximité d'un incinérateur crachant d'âcres et puantes fumées ? Qui voudrait de cette chaleur chargée d'un écœurant remugle ? C'était un monstre vivant que cet incinérateur, pas une machine. En approchant, on sentait ses inquiétantes vibrations, sa rage. On voyait les fumées qu'il crachait contre le ciel, les longues traînées de suie qu'il jetait sur les champs de neige entre les tristes fardoches.

Je suis allé plusieurs fois porter un lunch à mon père dans cet enfer. Les abords étaient presque déserts. On ne ramassait pas les vidanges les fins de semaine. Mon père était le seul gardien du monstre. Il m'expliquait son travail, content sans doute de voir que j'étais impressionné. Je le trouvais brave et courageux...

On ne parlait pas de pollution à l'époque. Sauf, avec son directeur de conscience, de la nocturne, cette éjaculation non contrôlée provoquée, semblait-il, par un rêve érotique. Mais de quoi, de quelles images pouvait bien avoir été nourri ce rêve ? Nous ne voyions jamais de femmes en petite tenue, ni même des images de femmes en petite tenue, sauf le samedi dans le *Perspective* encarté dans *Le Nouvelliste* de Trois-Rivières, où on pouvait admirer une annonce de soutiens-gorge en noir et blanc, une image qui aujourd'hui laisserait indifférent le plus rigoureux des mollahs.

Pour ce qui est de l'autre pollution, la vraie, nous ne nous en inquiétions pas du tout, nous l'ignorions ; partant, elle n'existait pas. « Penses-y pas, ça fera pas mal », disaient mon père et mes oncles quand on s'était écorché un genou ou un coude. Ou « tu t'en souviendras pas le jour de tes noces ». Toujours nier l'existence, la gravité, la pérennité ou la durabilité du mal...

Aux Écureuils, on s'était baignés dans le fleuve, à un mille environ en aval du moulin à papier de Donnacona. Et dans la rivière aux Pommes. Sans jamais penser que ces eaux pouvaient présenter des dangers autres que la noyade. Nous ne ressentions d'aucune manière les peurs qui nous étreignent aujourd'hui. L'été, quand il y avait des mouches dans l'étable, nous arrosions copieusement les vaches au DDT juste avant de les traire.

Et alors, il pleuvait littéralement des mouches. Quand aujourd'hui j'entends l'expression « tomber comme des mouches », je nous revois dans l'étable, mes cousins et moi, ces merveilleux jours de grosse chaleur, d'enfance insouciante. J'aimais bien l'odeur du DDT, tellement différente de toutes celles, banalement naturelles, que nous avions toujours humées... On ne se souciait pas à l'époque des effets secondaires des insecticides et des herbicides. On s'en est peut-être trop inquiétés par la suite. Jadis, nous buvions le lait cru des vaches arrosées au DDT, on mangeait des oreilles de crisse et des cretons de panne, personne ne ramassait les ordures, qu'on brûlait dans la cour ou qu'on jetait dans la coulée, on ne se lavait (à la mitaine) qu'une fois par semaine... Mais dans la plupart des souvenirs que je ressasse avec mes frères et sœurs, ce monde nous apparaît propre et pur, limpide et ensoleillé. On n'avait peur de rien ni de personne, sauf de Dieu et du diable.

Dès nos premières années à Montréal, nous avions l'habitude, avec mes sœurs Odette et Marie-Andrée, parfois mes frères Jean-Pierre et Alain, d'aller nous baigner à l'une des plages de L'Abord-à-Plouffe, la plage des Ormes ou la plage Mon Repos, notre préférée. Plus tard, à l'été de mes seize ans, je travaillais au parc Belmont ; selon notre quart de travail, nous allions à l'île aux Fesses, à Bordeaux, le matin ou en fin d'après-midi. On se baignait dans la très belle rivière des Prairies, tous les beaux jours d'été. Sans peur et sans mal.

Aujourd'hui, on dit que toute eau est sale et malsaine. Nous sommes obsédés par la propreté.

Il y a un demi-siècle encore, lorsqu'on était tous des habitants heureux et insouciants, on vivait de ce point de vue en paix, heureusement innocents.

P.-S. C'est Alain, le numéro sept, qui m'a donné l'idée de ce livre. Donnée, vraiment. Il me l'a dit et répété. «Je te la donne, tu en fais ce que tu veux.» Donner une idée de livre n'est pas comme donner un vélo, un outil ou une paire de pantoufles. Le vélo, c'est pour rouler. L'outil, c'est pour enfoncer un clou ou une vis, scier ou fendre une planche. Les pantoufles sont pour porter les soirs d'hiver et à mettre la nuit sous son lit. Mais une idée qu'on donne est interprétée et traitée à sa manière par celui qui la reçoit. Le donneur ne sait pas ce que l'autre en fera. Au départ, l'autre non plus ne le sait pas.

En exergue à ses notes sur notre famille et à ses souvenirs d'enfance qu'il m'a fait parvenir, Alain a mis des mots tirés de *1984*, le fameux roman de George Orwell. Selon ce dernier, le monde a été divisé en trois classes, la supérieure, la moyenne, l'inférieure. Les buts de ces trois groupes sont absolument inconciliables. C'est simple. «Le but du groupe supérieur est de rester en place, écrit Orwell. Celui du groupe moyen, de changer de place avec le groupe supérieur. Le but du groupe inférieur, quand il en a un – car c'est une caractéristique permanente des inférieurs qu'ils sont trop écrasés de travail pour être conscients, d'une façon autre qu'intermittente, d'autre chose que de leur vie de chaque jour –, est d'abolir toute distinction et de créer une société dans laquelle tous les hommes seraient égaux.»

Alain, dans son exergue, ne retient que cette dernière phrase, celle qui décrit le but du groupe inférieur. C'est, me suis-je dit, qu'il considère (je suis d'accord) notre famille comme appartenant au groupe inférieur. Au premier abord, ce jugement peut étonner, voire choquer. Mais j'imagine que, pour Alain, il est infiniment plus noble d'avoir comme but de créer une société dans laquelle tous les hommes seraient égaux, même si c'est irréaliste, naïf et illusoire, que de prétendre être né de la cuisse de Jupiter. Abolir toute distinction, jusqu'à la moindre velléité d'être distinct, jusqu'à renoncer à former ou à laisser se former une société distincte, que voilà un noble projet ! Maman, la personne la plus sensée que nous avons connue, pensait ainsi, j'en suis sûr et certain. Nous sommes tous absolument égaux.

Maman n'aimait pas exprimer bien haut ses opinions, mais nous savions tous qu'elle ne portait pas la reine Elizabeth II dans son cœur. Elle nous en parlait souvent. Elle n'aimait pas les reines, ni les princesses, qui n'avaient rien fait pour mériter tout ce qu'elles possédaient et pour être servies par tout le monde autour d'elles. Elle ne comprenait pas comment, de quel droit une femme ou un homme pouvait disposer de tant de richesse sans l'avoir mérité. Pour elle, il y avait là une profonde injustice. Elle n'éprouvait pas d'envie, cependant. À ses yeux, la reine n'était pas digne de son admiration, encore moins de sa sympathie. Eût-elle hérité de son trône qu'elle aurait certainement refusé de s'y asseoir. Et sa fortune, elle l'aurait partagée avec tous les membres de sa famille et tous nos amis.

Et tous ceux qui en auraient eu réellement besoin. Pour les autres, ceux qui, déjà bien nantis, veulent davantage de richesse, aucun respect.

Portes ouvertes

La maison verte devant être démolie au cours de l'été, nous avons déménagé juste en face, du 12 246 au 12 251 de la rue Lachapelle, dans une maison très vieille et très délabrée, condamnée elle aussi, mais de l'avis général tout à fait charmante. Grande galerie de bois gris sur le devant, murs blancs en déclin tout le tour, deux lucarnes à l'étage, un chauffe-eau, mais pas de baignoire. Une grande chambre en bas pour les parents et les bébés. En haut, les filles d'un bord, les gars de l'autre.

Le déménagement s'est fait à bras d'hommes, de femmes et d'enfants, avec un diable et une demi-douzaine d'oncles et d'amis de la famille. Dans la joie. Beaucoup trop de joie. Il n'y avait qu'à traverser la rue, mais il y eut plus de bris, de pertes et d'oublis que s'il s'était agi d'un déménagement au long cours. La bière et le p'tit blanc coulaient à flots dans l'une et l'autre maisons. La radio aussi. Les Canadiens de Montréal rencontraient, ce soir-là, en grande finale des séries éliminatoires, les Maple Leafs de Toronto, qu'ils allaient vaincre pour remporter une quatrième coupe Stanley d'affilée. Les hommes, plus ou moins chauds, pouvaient suivre le match presque sans interruption.

Quand je suis rentré du collège, à la mi-juin, le gros bouquet de lilas du côté nord de la maison était en fleur. Au fond de la cour, dans un hangar abandonné, Jean-Pierre avait installé un atelier où il bricolait et «gossait» du bois. Il a été le premier des garçons à s'intéresser aux travaux de menuiserie fine et à acquérir quelque savoir-faire dans ce domaine. Lise et Odette travaillaient toutes les deux comme serveuses au Vagabond, le restaurant du parc Belmont. Elles s'étaient encore fait de nombreux amis, qui passaient beaucoup de temps chez nous. Chaque soir, de jeunes mâles venaient hululer et piaffer devant la maison.

J'ai peu de souvenirs du 12 251 Lachapelle, même si nous y avons vécu deux ans. D'abord parce que j'étais au collège plus de neuf mois par année. Et l'été, pendant les vacances, je travaillais dans une pépinière de la Côte-Vertu, à ville Saint-Laurent. Le propriétaire était originaire du comté de Portneuf et engageait de préférence des compatriotes. Mes oncles Camille et Julien, entre autres, qui étaient des amis à lui. Des jours entiers, je désherbais, je binais, j'arrosais… Je donnais une partie de mes sous à maman. Mes sœurs aussi. Mais elles étaient plus généreuses que moi. Elles donnaient presque toutes leurs payes. Moi, sous prétexte que je faisais des études, je n'avais pas à payer autant qu'elles ; en fait, je n'avais pas à aider la famille, c'était elle qui m'aidait.

Ce n'est que beaucoup plus tard, une fois mes études achevées, que j'ai réalisé avec stupeur l'énorme injustice dont j'étais le seul à profiter, mais dont nous étions tous complices. Je n'ai jamais entendu la moindre plainte de mes sœurs. Sauf parfois de la part d'Odette, pour me souligner que j'étais plus libre qu'elle, ce qui était à ses yeux proprement intolérable. Je pouvais en effet aller où je voulais, quand je voulais. Et rentrer à l'heure qui me convenait. Ou ne pas rentrer du tout. Laisser tomber ma job avant la fin de l'été et partir aux Écureuils en faisant du pouce. Bien sûr, si j'avais le temps, j'aidais à la vaisselle du soir, je faisais parfois des courses, il m'est même arrivé de faire un peu de ménage, mais je dois avouer que j'ai joui, dans cette famille, d'un statut privilégié. Simplement parce que j'étais le plus vieux des garçons. Et que chez ma mère, et surtout chez mon père, subsistait cette mentalité ancienne selon laquelle les filles doivent être protégées, préservées; et les garçons, laissés libres.

Alain, qui a sept ans de moins que moi, me regardait comme un héros, un modèle. Il me l'a dit, plus tard, avec une reconnaissance imméritée. «Tu as défoncé toutes les portes.» Il croit même que si plus tard il n'a jamais eu d'engueulades avec papa et maman pour être rentré tard ou ne pas être rentré du tout, c'est grâce à moi.

Tu te trompes, Alain. Les portes étaient ouvertes ou elles s'ouvraient d'elles-mêmes devant moi. Voilà peut-être pourquoi j'ai par la suite manqué d'ambition et de pugnacité. Voilà pourquoi j'ai fait ma vie et mes jobs en dilettante. Les choses ont été beaucoup plus faciles pour moi que pour mes frères et infiniment plus que pour mes sœurs. Une seule, la dernière, Sylvie, a fait des études supérieures. Six des huit garçons, ceux qui ont voulu, sont allés à l'université. Si j'y suis allé, moi, en anthropologie et en géographie, c'était d'abord et avant tout pour le plaisir. Et c'est encore en suivant l'impulsion de mes penchants et de mes goûts, plus que par devoir ou par besoin, que je suis devenu journaliste et écrivain. Je ne dis pas que j'ai été paresseux. Le nageur qui se laisse porter par un courant furieux doit travailler très fort pour se maintenir à flot et éviter les écueils. J'ai toujours travaillé fort et beaucoup. Mais en faisant, sauf de très rares exceptions, ce que j'aime. Et sans grande contrainte. Même qu'aujourd'hui, ayant atteint l'âge de la retraite, je trouverais plus contraignant de ne rien faire que de travailler. Je suis un esclave heureux et comblé.

Je rentrais d'une promenade avec deux de mes frères, un soir, quand maman nous a appris la triste nouvelle : *Océola* avait disparu. Nous l'avons cherché partout. Mais nous possédions si peu de choses que les recherches n'ont pas été bien longues. Et la conclusion, cruellement définitive : le livre que notre mère avait reçu en cadeau en sixième année et qui avait fait son bonheur et le mien et celui de plusieurs de mes frères et sœurs s'était perdu dans notre dernier déménagement, et on ne le retrouverait très certainement jamais, la maison verte ayant été rasée et ses restes emportés dans quelque dépotoir.

J'en ai fait mon deuil, sachant que je ne l'oublierais jamais. Océola et les Séminoles m'avaient laissé un très précieux héritage, le goût de la lecture, qui m'est revenu à la rentrée, insatiable et dévorant. Mais il me semblait que tous les livres que je lisais, même ceux de Cooper ou de Stevenson ou de Verne, étaient de pâles imitations d'*Océola*. Les descriptions de paysages, les intrigues, les galops de chevaux, les sentiments qu'éprouvaient les héros étaient calqués selon moi sur *Océola*, mon livre fétiche, le livre gigogne qui contenait tous les autres. Ou presque.

Beaucoup de temps a passé. Je suis resté lecteur et devenu journaliste et écrivain. De temps en temps, dans les librairies de livres usagés que je fréquentais, je demandais si on avait vu *Océola*. Malgré ma peur d'être déçu. Saurais-je en effet retrouver cet immense et intense plaisir que j'avais connu autrefois en sa compagnie ? J'étais presque soulagé quand on me disait qu'on ne trouvait nulle trace de lui. On ne savait même pas qui il était.

— C'est qui, l'auteur ? me demandait-on.

— Randolph ou Reynolds, quelque chose comme ça, mais je ne suis sûr de rien.

Et puis un jour, en 1990, *La Presse* a demandé à des auteurs présents au Salon du livre de Montréal de parler du premier livre qu'ils avaient lu. J'ai raconté l'histoire de mon livre perdu. Je l'ai minutieusement décrit : couverture rouge rigide embossée, lettrage doré, lettrines, etc. J'ai raconté plusieurs scènes dont je me souvenais de façon très précise, comme le combat de Jacques le Jaune contre un caïman géant. Et, surtout, la mort glorieuse d'Océola. Cerné par nos hommes, sachant comme les autres que tout était perdu, il refusait de se rendre. Il avait mis pour mourir son grand chapeau à plumes et ses bijoux. Il a reçu une balle en plein cœur. Il a lâché son fusil. Il est tombé à genoux, puis face contre terre, et c'est ainsi qu'il est mort. Dans le pays de ses ancêtres, sur cette terre chérie que nous allions lui voler.

Voilà ce que j'ai raconté aux lecteurs de *La Presse* en 1990. Et je leur ai dit que, depuis trente ans, je n'avais pas revu *Océola*, perdu dans un déménagement familial. Quelques jours plus tard, je recevais un mot d'un lecteur de Sainte-Anne-des-Lacs, M. Pelletier, qui me disait posséder un exemplaire du livre *Océola*, qu'il me céderait en échange du dernier ouvrage que je venais de publier, *Guy Lafleur, l'ombre et la lumière*.

Je me suis rendu chez lui un soir noir et froid de décembre avec mon exemplaire dûment signé. La maison, près du lac, était chaude, lumineuse. Si ma mémoire est bonne, il y avait un feu dans l'âtre. M. Pelletier m'a tendu un livre à couverture rouge rigide sur laquelle étaient gravés des festons dorés et le titre et le nom de l'auteur. C'était bien lui. Exactement. C'était mon *Océola*. Ému, je l'ai pris dans mes mains, l'ai feuilleté un long moment. J'ai revu les illustrations en tête de chapitre. J'ai découvert le nom de l'auteur, Mayne-Reid. Randolph était le nom du narrateur. Georges Randolph, l'ami d'Océola, malheureusement devenu son adversaire.

Ma mère a relu *Océola*. Par peur de ne pas retrouver l'émerveillement que j'avais connu dans mon enfance, je ne l'ai pas fait. J'ai rangé ce beau livre dans ma bibliothèque, où il a fait pendant des années office de bibelot.

Et il y a quelques mois, pendant le dernier Salon du livre, avec des amis, nous avons échangé un soir sur nos premières lectures. J'ai parlé de mon *Océola*, que personne ne connaissait. Nous avons « googlé » l'auteur, Thomas Mayne-Reid, pour apprendre qu'il était né en Irlande et qu'il avait mené une vie d'aventure au Mexique et aux États-Unis, où il avait été trappeur, journaliste, militaire et... célèbre champion de croquet. Retiré à Londres, il s'était mis à écrire des récits d'aventures évoquant la culture amérindienne, qui avaient connu, au milieu du XIXe siècle, un succès considérable.

Rentré chez moi, j'ai renoué avec *Océola*, que je n'avais pratiquement pas fréquenté depuis un demi-siècle. J'ai d'abord relu la coupure de presse où j'avais parlé de lui, et que ma mère avait conservée et insérée sous la couverture. Puis j'ai retrouvé les paysages luxuriants de la Floride et le jeune chef séminole, la belle Maümée, Jacques le Jaune et Jacques le Noir. Mais quelque chose avait changé. Les émotions et les sentiments qu'éprouvaient ces personnages ne me semblaient pas toujours crédibles, l'intrigue était souvent cousue de fil blanc. Je trouvais des longueurs aussi, et surtout une vision simpliste et manichéenne du monde, sans nuances, les méchants n'ayant aucune qualité, les bons les possédant toutes.

De plus, dans notre monde d'aujourd'hui où la bienséance politique est pratiquement obligatoire, on ne pourrait parler des Indiens et des Noirs comme le faisait Mayne-Reid, qui les appelait « Sauvages » et « Nègres » et entretenait à leur égard tous les préjugés propres à son époque, qui ne croyait pas aisément que les hommes étaient égaux et pour qui l'esclavage était une réalité tout à fait acceptable. Et il y avait énormément de violence dans ce livre. Encore maintenant, je m'étonne que l'enfant que j'étais n'ait pas retenu que le noble et bon Océola était un tueur sanguinaire qui, sans états d'âme, plongeait son coutelas dans le cœur de ses ennemis.

Mais il y avait plus étrange encore, plus bouleversant. J'ai découvert avec stupeur que la mort d'Océola, telle que je l'avais racontée avec force détails aux lecteurs de *La Presse*, était une pure invention que mon imagination avait, à mon insu, imposée à ma mémoire, un faux souvenir, comme il y a de faux tableaux de maîtres. Océola, dans le livre de Mayne-Reid, ne reçoit pas une balle en plein cœur. Il est fait prisonnier par l'armée américaine. Et il meurt... de tuberculose, dans son lit, en prison.

Sans doute que, refusant de croire que mon valeureux héros ait pu connaître une mort si calme, si pépère, j'ai forgé dans mon inconscient une fin plus flamboyante qui, avec le temps, s'est substituée à celle, décevante à mes yeux, de Mayne-Reid.

Autre chose étonnante, mais ô combien agréable : j'avais complètement oublié que Georges Randolph, mon alter ego, avait finalement épousé ma très chère Maümée.

Les jours de la maison de la rue Lachapelle étaient comptés. Papa, maman, parents et amis cherchaient un nouveau logis pour la famille, dans Cartierville, Bordeaux, Ahuntsic ou

Montréal-Nord. Un jour, le 12 291, rue Filion est entré dans nos vies. C'était une grande maison près du boulevard Gouin et de la rivière des Prairies, juste sous le tablier du pont de l'autoroute des Laurentides. Deux gros érables devant. Du gazon tout autour, un pivoinier, un clapier dans la cour. Une grande galerie en façade, un solarium sur le côté. Deux étages, beaucoup d'espace, de la lumière, 80 dollars par mois. Ce fut l'émerveillement, le bonheur.

Le 1er juillet 1961, nous emménagions dans cette maison, où les plus vieux allaient achever leur adolescence et les plus jeunes faire leur vie depuis l'enfance jusqu'à l'âge adulte. Sylvie, le bébé, avait huit mois. Notre famille était maintenant complète. Nous allions grandir ensemble, chacun pour soi prendre de l'âge et connaître les grandeurs et les misères de l'amour, faire de douloureux et de joyeux voyages, vivre. Et nous allions bientôt nous éparpiller de nouveau.

Cette fois pour toujours.

« M'AS-TU AIMÉ ? »

Une année, à Noël, nous avons acheté des raquettes en babiche à papa. Au printemps, pour son anniversaire, nous lui avons donné un vélo. Il venait de prendre sa retraite, et nous voulions qu'il fasse un peu d'exercice, histoire de se garder en forme. Il n'en a pas vraiment fait. Il passait ses journées à la maison. Il regardait la télé, écoutait la radio, lisait le journal. Il ne voyait plus beaucoup ses compagnons de brosse. Il allait de temps en temps rencontrer son médecin à l'hôpital du Sacré-Cœur. Sur les conseils ou les ordres de ce dernier, il avait arrêté de fumer, après un demi-siècle de consommation quotidienne. Il a dû trouver ça terrible. Il s'entêtait à dire que non. Il refusait de se plaindre. Parce que se plaindre, pour lui, c'était admettre la douleur, la difficulté, la dépendance. C'était surtout embarrasser les autres, ce qu'un vrai homme selon mon père ne devait jamais faire.

Il ne demandait jamais d'aide. Une fois seulement, très grippé, il avait laissé maman me suggérer de le remplacer pendant quelques heures ; il était alors garde Pinkerton. J'ai accepté de mauvaise grâce. Et j'ai pris mon quart devant un comptoir de la Régie des alcools, dont les employés étaient alors en grève. Après quelques heures, j'ai craqué. J'ai appelé à la maison. Et papa, toujours grippé, est venu me relever. J'ai encore honte, quand j'y pense.

Il était gravement malade et n'en parlait à personne. Il ne voulait pas déranger, il ne voulait pas qu'on sache, il ne voulait pas être malade. Il allait quand même régulièrement passer des tests en hématologie. Par lâcheté ou inconscience ou indifférence, nous ne nous inquiétions pas de lui. Il était pour nous, dans ce court laps de temps entre sa retraite et son décès, un vieillard en instance de mort. L'hématologie, c'est très sérieux. Notre mère y serait allée qu'on se serait tous inquiétés terriblement, on l'aurait accompagnée, on aurait harcelé ses médecins. C'était ce que nous avions fait, trois ans plus tôt, quand elle avait eu des pontages carotidiens.

Papa était emphysémateux, et il avait un cancer des os. Nous aurions dû nous inquiéter de lui, demander des nouvelles de sa santé. Nous voulions au contraire qu'il fasse de l'exercice. Mais c'est un AVC qu'il a fait, un matin où il était seul avec maman à la maison. Il est entré à l'hôpital en ambulance. Il s'est rétabli, il a refait un deuxième AVC quelques jours plus tard, et il est resté hémiplégique.

Il était sur son lit de mort quand le médecin qui l'avait suivi m'a dit : « Votre père était un vrai soldat. Il prenait régulièrement ses médicaments. Il a arrêté de fumer du jour au lendemain dès qu'on lui a dit qu'il devait le faire. Quand il se promenait en raquettes ou à vélo… il avait mal partout, aux articulations, aux poumons, aux os. Il a fait quelques sorties pour avoir la paix. Mais il n'y prenait aucun plaisir. »

Depuis quelque temps, je donnais une petite allocation mensuelle à mes parents. Je travaillais à *L'Actualité* et à Radio-Canada. Je gagnais dix ou quinze fois le salaire annuel le plus élevé qu'avait touché mon père au cours de sa vie de travail, qui avait duré un bon demi-siècle. Et j'étais habité par un doux remords à l'égard de ma famille, mes parents, mes sœurs les plus âgées qui m'avaient permis de faire des études…

Un soir, à l'hôpital du Sacré-Cœur, le médecin nous a dit : « Si vous voulez parler à votre père, faites-le ce soir, parce que demain il sera intubé. Vous pourrez encore lui parler ; lui ne pourra plus. » Je suis donc allé le voir. Il était agité. Il respirait et articulait avec difficulté. De gros hoquets le secouaient méchamment. Je n'ai aucun souvenir de ce dont nous avons parlé, mais c'était malgré tout paisible, serein. J'allais sortir de la chambre quand il m'a appelé : « Georges. » Je me suis tourné vers lui, une main tenant la porte entrouverte. Il m'a dit : « Merci pour ce que tu fais, Georges. » J'ai alors ressenti plus que jamais à quel point il avait, toute sa vie, donné sans rien attendre en retour, pas même que nous prenions soin de lui. Il me remerciait, et je savais que c'était du fond de son cœur, de lui avoir rendu le milliardième de ce qu'il m'avait donné. Il était, aussi incroyable que ça puisse paraître, reconnaissant. Je suis sorti de l'hôpital bouleversé, navré, sachant, le docteur me l'avait dit, que ce seraient les derniers mots que j'entendrais de mon père, moi qui avais si peu fait pour lui : « Merci pour ce que tu fais, Georges. »

Existe-t-il encore des hommes comme lui ? Des hommes dont la vie, l'énergie, le temps, tout l'argent qu'ils gagnent sont totalement dédiés à leur famille ? Qui, forcément, n'entretiennent aucune autre ambition que celle de voir leurs enfants réussir, être heureux, devenir des femmes et des hommes bien ? Dans d'autres pays, peut-être. Mais chez nous, dans nos sociétés riches, les hommes ont le choix. La très grande majorité, pour ne pas dire la quasi-totalité, d'entre eux n'ont qu'un ou deux, parfois trois enfants, très rarement plus. Ils sont libres, ils planifient des voyages, s'achètent des bateaux, des motos, des fermettes ou des forêts avec lesquels ils s'amusent.

Pour mon père, aucun autre projet que la famille n'était possible. Il n'a jamais possédé de maison (sauf celle qu'il a construite sur le terrain donné par son beau-père et qu'il a perdue dans le désastre de son éphémère laiterie ou de son improbable boulangerie), jamais d'auto (sauf, un été, un bazou noir qui avait fait honte à maman). Et quand la famille a été élevée, tous les enfants bien casés, les plus vieux mariés ou correctement accotés, les deux derniers à l'université, il est mort. Il ne servait plus à rien, n'était plus pourvoyeur, seulement un vieillard.

Ma femme aurait été un confesseur de génie. Elle amène même les plus discrètes des personnes à lui avouer leurs plus secrètes pensées. C'est un don qu'elle a. Un jour, maman lui a parlé des tout derniers moments qu'elle avait passés avec papa.

C'était à l'hôpital, quelques jours sans doute avant qu'il soit intubé ; ils savaient déjà tous les deux qu'il n'en avait plus pour longtemps. Il avait peur. Il voulait savoir s'il avait été un bon mari. Elle lui a dit qu'il avait été l'homme de sa vie. Il a souri. C'était évident. Mais ce qu'il voulait savoir, au fond, c'était si elle l'avait aimé. Et il lui a demandé, carrément : « M'as-tu aimé ? » Elle lui a dit : « Oui, je t'ai toujours aimé et je t'aime encore. »

Ces paroles ont aujourd'hui près de trente ans. Je les rapporte de mémoire, je les tiens de ma femme… Mais je suis sûr qu'il y a au fond de cela une vérité vraie. Peut-être même que, pour la première fois de leur vie commune, mon père et ma mère se sont parlé d'amour.

Elle me l'a dit, plus tard : « On ne parlait jamais de ces choses-là, comme vous faites, vous, les jeunes. » Un jour, j'ai téléphoné à ma femme depuis chez elle. J'ai terminé mon appel en disant quelque chose comme « Salut, mon bel amour de velours, à tout à l'heure ». Ma mère souriait d'aise quand j'ai raccroché. Et elle m'a dit qu'elle était contente que tout marche bien entre Francine et moi. J'ai dit : « Oui, mais on se chicane souvent. Et il arrive que je lui raccroche au nez. Ou elle.

— Mais vous vous parlez, a-t-elle répondu. C'est ça qui compte. »

P.-S. Les grosses et lourdes raquettes de babiche de mon père sont au mur de mon garage, à la campagne. Le vélo, aucune idée. J'ai aussi un presse-papier à ressort, une petite main de tôle avec laquelle on pince un paquet de feuilles. Mon père assemblait sa mince paperasse. Un bel objet qui s'est échoué, je ne sais comment, sur mon bureau il y a des années.

Papa était un maniaque de l'ordre. Même quand il se couchait chaud, il rangeait soigneusement ses vêtements. Il avait toujours un ou deux crayons dans la poche de sa chemise, lui qui n'écrivait vraiment pas beaucoup ; et un peigne, lui qui avait si peu de cheveux. Il était souvent excédé par le désordre qu'entretenaient plusieurs d'entre nous, dont moi, peut-être le plus brouillon de la famille.

P.-P.-S. J'ai demandé à mes frères et sœurs quels objets ils avaient gardé de nos parents. Tous ont au moins une toile de maman, de la vaisselle, de la verrerie. Les six filles se sont partagé un semainier, une bague faite de sept petits anneaux que maman avait toujours au doigt. Le septième, c'est Chantal, la fille de Lise, qui a été très proche de maman, qui le porte.

P.-P.-P.-S. Dans la description détaillée de son héritage, Christiane, ma filleule, me parle d'« une pince à ressort en forme de main qui appartenait à papa » et qu'elle croit avoir perdue quelque part dans un déménagement entre Montréal et Toronto.

Floride. La veille, dans l'après-midi, Serge et Alain étaient venus la voir après avoir joué au baseball au parc Raimbault. Lise avait presque fini de décaper et de repeindre les poutres de son salon. Jean-Yves? Il était venu souper mardi dernier avec son garçon, William. Gérald avait travaillé dix-sept jours d'affilée. Anne finissait ses vacances dans deux jours. Marie-Andrée avait une nouvelle auto.

« Quelle sorte d'auto, maman?
— Une bleue. Très belle. »

Ma mère était un centre de renseignements inépuisable et sans cesse remis à jour. Sur ses quatorze enfants, leurs conjoints, leurs enfants, leurs petits-enfants, en plus des tantes et des oncles, cousins et cousines, les gens de Québec et du mythique village d'où notre famille est originaire, Les Écureuils.

J'écoutais ce bulletin de nouvelles en sirotant un café instantané, un Postum ou une Ovaltine, boissons d'une extraordinaire fadeur que je ne consommais avec plaisir que chez elle. Je regardais au mur des photos de mon père, de mes neveux, de ma fille, de mes petits-neveux. Il y avait un calendrier avec des photos de chats (elle a toujours été folle des chats); elle y notait chaque jour les visites qu'elle recevait. Il y avait aussi une affichette en bois sur laquelle était buriné: *On voit quand j'ai bu. On ne voit pas quand j'ai soif*, qui infailliblement me faisait penser à papa. Sur la table à café, la dernière lettre d'une de mes tantes des Écureuils ou de son amie d'enfance, Simone Delisle, née Dussault. « Tu peux la lire, si tu veux. » Elle en recevait de moins en moins souvent, des lettres, parce qu'elle était entrée dans cet âge où on perd un à un ses amis et ses proches. Passé quatre-vingts ans, on n'a plus grand monde autour de soi pour parler des paysages et des visages de son enfance.

Je parvenais certains jours à la convaincre de sortir manger au restaurant. Ce n'était jamais simple. Ma mère, quand on lui offrait quelque chose, était difficilement capable de choisir. Un thé ou un café, maman ? « Comme tu voudras. Choisis, toi, mon garçon. » Parfois, je m'entêtais à ne pas choisir le restaurant où nous irions. Ou je la menaçais de l'emmener dans un endroit chic et cher, où je savais qu'elle n'avait aucune envie d'aller. Parce qu'elle était d'une incorrigible timidité. Elle avait toujours peur de déranger ou de ne pas être à sa place. Au restaurant, elle croyait que la serveuse aurait de la peine si elle ne finissait pas son assiette. « Aide-moi », me disait-elle.

Nous avons hérité, à des degrés divers, de sa simplicité, de sa timidité. Nous avons horreur de nous péter les bretelles et de tous ceux et celles qui le font. Il n'y a pas de vantards dans notre famille. Et nous avons une propension naturelle à fuir ce qui est tape-à-l'œil. Les beaux habits, les bagnoles de luxe, les grosses montres en or, personne chez nous n'aime ça.

J'habite, depuis près de quarante ans, une belle maison de pierre dans un quartier cossu de l'ouest de Montréal. Longtemps, quand à l'occasion je devais prendre un taxi pour rentrer, je feignais d'hésiter, j'indiquais au chauffeur où se trouvait la maison en faisant mine de ne pas trop savoir, pour qu'il croie que je n'habitais pas là, que j'y venais en visiteur. Jeu ridicule et idiot, j'en conviens. Un jour, me voyant ainsi hésiter, un chauffeur m'a dit : « Vous semblez manquer de mémoire, vous, monsieur. Ça fait au moins deux fois si c'est pas trois que je vous amène ici. »

Maman m'a dit déjà, dans les derniers temps de sa vie, que son grand regret était de ne pas s'être guérie de sa timidité. Elle disait « guérie », comme s'il s'était agi d'une maladie. Moi, je trouvais cette timidité touchante et intelligente, infiniment plus sympathique que l'arrogance, l'agressivité, le sans-gêne. Dieu merci, ma mère n'était pas une battante, mais une douce, une tendre... Elle a su commander chez nous, ses enfants, le plus profond respect sans jamais élever la voix (elle n'en avait plus qu'un mince filet après ses opérations aux carotides). Elle nous a élevés dans la plus grande liberté, sans nous imposer envers elle des devoirs que, de toute manière, nous accomplissions avec joie. « Tu viens si tu peux. » Elle m'aimerait toujours, je le savais bien. « Tu pars quand tu veux. » Comment ne pas l'aimer ?

Quand je partais, incontournable rituel, je me retournais avant de monter dans ma voiture et on s'envoyait des baisers... Je roulais doucement vers le boulevard Sainte-Rose, et je pouvais encore la voir dans mon rétroviseur, debout à sa fenêtre ou sur son balcon, qui me regardait aller. Je baissais ma vitre et je lui faisais un grand salut de la main. J'étais un peu triste, parce que je la laissais toute seule. Et qu'elle ne savait pas encore tout à fait, même si elle avait plus de quatre-vingts ans, comment s'y prendre avec la solitude, qu'elle a connue sur le tard. Comme la vieillesse, d'ailleurs.

À la mort de papa, elle vivait entourée de jeunes adultes, d'ados et de bébés. Ses filles et ses fils les plus âgés avaient déjà commencé à lui faire des petits-enfants. Elle est donc restée, jusqu'à un âge avancé, très proche de l'enfance, de sa culture et de son esprit, de sa vérité. Et elle avait gardé la candeur et la fraîcheur vraie des enfants, des ados, des jeunes, avec qui elle s'entendait fort bien.

Elle aimait le jeu, tous les jeux de société (Pictionary, Monopoly, Risk, Quelques arpents de pièges), elle raffolait des devinettes, des énigmes, des mots croisés, des mots en général... Je tiens d'elle, j'en suis sûr, plus que de n'importe quel prof, ce goût, ce besoin de connaître le nom des fleurs, des arbres, des animaux, des pierres et des étoiles. Quand j'allais la voir ou que je l'appelais, elle me posait souvent des colles. « Sais-tu ce que c'est qu'un palindrome ? Une wassingue ? Une valence ? Sais-tu où est Oulan-Bator ? Où coule le Uele ? » Je faisais sa joie si je ne connaissais pas la réponse ; également sa joie si je la savais.

Quand nous ne sortions pas, nous faisions parfois des mots croisés. En trois secondes, elle était complètement absorbée par le jeu. Je me rappelais, chaque fois, immanquablement, le temps où nous étions tous ensemble. Le soir, quand elle avait fini sa journée et que tous ses enfants et son mari dormaient, elle restait assise à la table de la cuisine à faire des mots croisés ou à lire le journal ou un livre, seule, dans la maison enfin paisible et silencieuse.

Je devais lui emprunter ses lunettes pour fouiller dans le dictionnaire. Cela nous faisait rire tous les deux. Pendant un moment, penchés sur notre ouvrage, nos deux têtes rapprochées, nous parlions, comme si nous étions deux pros du grand âge, des misères de la vieillesse : voir moins bien, entendre moins clairement, oublier plein de choses. Elle me disait : « Toi, t'es encore jeune, mon garçon, profites-en » et me parlait de ses défaillances de mémoire qui l'inquiétaient. Des souvenirs très lointains qui, parfois, sans qu'elle s'y attende, refluaient avec une stupéfiante netteté du plus profond de sa mémoire. Elle m'a dressé un jour la liste de toutes les plantes potagères et de toutes les fleurs, vivaces et annuelles, qu'il y avait dans le jardin et les plates-bandes de son père. La fois suivante, elle m'a remis, toute fière, un plan de ce jardin, qu'elle avait soigneusement dessiné. Et que je me reprocherai jusqu'à la fin de mes jours d'avoir égaré.

Elle lisait encore, à l'époque où elle habitait la Roseraie, mais elle ne cousait plus. Elle ne peignait plus. « C'est épouvantable, j'ai plus rien à faire », disait-elle, franchement désolée. Pourtant, elle avait réussi dans les deux dernières années à réaménager sa vie de fond en comble, à se refaire un cercle d'amis... Encore là, le jeu y avait été pour beaucoup.

Elle m'a parlé quelques fois de la terreur qu'elle avait éprouvée quand elle était arrivée dans cette maison remplie d'étrangers. Peu à peu, cependant, des liens s'étaient créés, grâce à la pétanque, au *mini-putt*, aux jeux de poches et de fers et aux casse-têtes. Elle s'était refait une vie dans cet exil où elle vivait désormais. Je crois qu'elle y était bien.

Elle avait de la visite presque tous les jours de l'un ou l'autre de ses enfants ou de ses petits-enfants. Elle s'apitoyait parfois sur le sort de sa voisine, une vieille dame longue et pâle que jamais personne ne venait voir et qui ne faisait pas plus de bruit qu'une souris. Elle n'avait plus son mari. Ni frères ni sœurs. Ses enfants ne lui rendaient jamais visite. Peut-être s'était-elle disputée avec eux. Peut-être étaient-ils égoïstes et sans cœur. On ne saura jamais. Maman se disait incapable d'aborder ces graves sujets avec son amie. Mais elle nous parlait très souvent de cette pauvre dame. Manière de nous signifier qu'elle était privilégiée, elle, et aimée. Ainsi était Simonne, incapable de se dire comblée, elle préférait voir les creux chez les autres, les manques.

Dans les fêtes de famille, elle restait assise à l'écart et nous observait. Elle m'a dit un jour qu'elle s'était amusée à retrouver sur le visage de Jean-Jacques ou dans un geste d'Alain, dans la voix de Martin ou dans les mimiques de Gérald ou le sourire de Jean-Yves, des traces, des souvenirs, quelques ressemblances avec Jean-Louis, notre père, qui fut son époux pendant quarante ans.

Je pense qu'elle a toujours été très fière de nous. Personne n'a mal tourné, on n'a pas fait trop de mauvais coups, on ne s'est jamais vraiment disputés entre nous, on déteste le mensonge et la guerre, et on aime les enfants à la folie... Quand je vois mes frères et sœurs, je me dis qu'elle a réussi sa vie, elle nous a bien élevés, elle nous a réussis. Nous avons été sa joie, mais aussi son chef-d'œuvre. Nous ne sommes certainement pas sans défauts, mais nous avons, je le sais, le sens du bon, le goût du bonheur, un grand respect pour autrui. Nous avions pour elle un amour profond, indéfectible…

Comme toutes les mères de grosse famille, la nôtre était gigogne. Nous étions tous restés, d'une certaine manière, à l'intérieur d'elle. Nous y sommes toujours. La visiter à l'époque, ou évoquer aujourd'hui sa mémoire, c'est nous retrouver tous ensemble, bien chers frères et sœurs.

Suivez les Éditions Libre Expression
sur le Web :
www.edlibreexpression.com

Cet ouvrage a été composé en Adobe Caslon 12,25/15 et achevé
d'imprimer en février 2013 sur les presses de Lebonfon, Val-d'Or, Canada.

procédé sans chlore   30% post-consommation   archives permanentes